Anna
e o
Homem das Andorinhas

Gavriel Savit

Anna e o Homem das Andorinhas

Tradução de Elisa Nazarian

FÁBRICA231

Título original
ANNA AND THE SWALLOW MAN

Esta é uma obra de ficção. Nomes, personagens, lugares e incidentes são produtos da imaginação do autor e foram usados de forma fictícia. Qualquer semelhança com pessoas reais, vivas ou não, acontecimentos ou localidades é mera coincidência.

Copyright do texto © 2016 Gavriel Savit
Copyright arte de capa e miolo © 2016 Laura Carlin

Todos os direitos reservados

Nenhuma parte desta obra pode ser reproduzida ou transmitida por qualquer forma ou meio eletrônico ou mecânico, inclusive fotocópia, gravação ou sistema de armazenagem e recuperação de informação, sem a permissão escrita do editor.

FÁBRICA231
O selo de entretenimento da Editora Rocco Ltda.

Direitos para a língua portuguesa reservados
com exclusividade para o Brasil à
EDITORA ROCCO LTDA.
Av. Presidente Wilson, 231 – 8º andar
20030-021 – Rio de Janeiro, RJ
Tel.: (21) 3525-2000 – Fax: (21) 3525-2001
rocco@rocco.com.br
www.rocco.com.br

Printed in Brazil/Impresso no Brasil

CIP-Brasil. Catalogação na fonte.
Sindicato Nacional dos Editores de Livros, RJ.

S278a	Savit, Gavriel
	Anna e o Homem das Andorinhas / Gavriel Savit; tradução de Elisa Nazarian. – 1ª ed. – Rio de Janeiro: Fábrica231, 2016.
	Tradução de: Anna and the Swallow Man
	ISBN 978-85-68432-46-4
	1. Ficção norte-americana. I. Nazarian, Elisa. II. Título.
15-28551	CDD-813
	CDU-821.111(73)-3

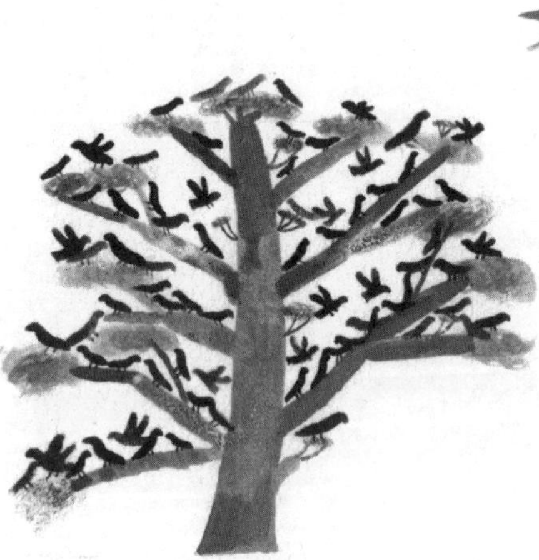

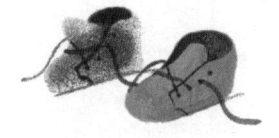

*Para Sophie "Sunnie" Tait,
de abençoada lembrança,
como uma humilde compensação
por todos os livros maravilhosos que me deu.*

SUMÁRIO

O que você diz?	11
Siga o líder	37
Uma lição de zoologia	66
O homem que beijou seu rifle	101
Padrões de migração	143
O que você vai me dar?	188
Espécies ameaçadas	228
Epílogo – O princípio da incerteza	260
Agradecimentos	269

O que você diz?

Quando Anna Lania acordou na manhã de seis de novembro de 1939, o seu sétimo ano de vida, havia várias coisas que ela não sabia.

Anna não sabia que o chefe da Gestapo na Polônia Ocupada havia, por decreto, obrigado o reitor da Universidade Jagiellonian a convocar a presença de todos os professores (dentre eles, seu pai) para uma exposição e discussão sobre a direção da Academia Polonesa sob o regime alemão, a ocorrer ao meio-dia daquele mesmo dia.

Não sabia que, juntamente com seus colegas, seu pai seria levado do saguão de conferências número 56, primeiro para uma prisão na Cracóvia, onde eles moravam, e depois para vários outros centros de detenção espalhados pela Polônia, até ser finalmente transferido para o campo de concentração Sachsenhausen, na Alemanha.

Ela também não sabia que, vários meses depois, um grupo de sobreviventes, colegas do seu pai, seria levado para o muito mais abominável campo de Dachau, na Alta Baviera, mas que, na época dessa transferência, seu pai já não existiria num estado em que fosse possível ser transportado.

O que Anna sabia naquela manhã era que o pai tinha que se ausentar por algumas horas.

As meninas de sete anos são um grupo muito diversificado. Algumas lhe dirão que há muito são crescidas, e você teria dificuldade em não concordar com elas; outras parecem se interessar muito mais pelos misteriosos segredos da infância, inscritos em suas mentes, do que em contar o que quer que seja a um adulto. Há também aquelas (este, de longe, o grupo mais numeroso) que ainda não decidiram completamente a que lado pertencem, e, dependendo do dia, da hora, até mesmo do momento, podem lhe mostrar rostos completamente diferentes daqueles que você pensou que poderia encontrar.

Anna era uma dessas últimas meninas aos sete anos, e seu pai ajudou-a a acalentar a condição ambivalente. Tratava-a como adulta – com respeito, deferência e consideração – mas, ao mesmo tempo, conseguia, de certo modo, protegê-la e preservar em seu íntimo a sensação de que tudo que ela encontrava no mundo era uma descoberta totalmente nova, especial para sua própria mente.

O pai de Anna era professor de linguística na Universidade Jagiellonian, na Cracóvia, e viver com ele significava que todos os dias da semana eram em uma língua diferente. Quando Anna completou sete anos, seu alemão, russo, francês e inglês eram todos bons, e ela sabia um bocado de iídiche e ucraniano, além de um pouco de armênio e romani dos Cárpatos.

Seu pai nunca lhe falava em polonês. Dizia que o polonês saberia se cuidar.

Ninguém aprende tantas línguas como o pai de Anna sem um razoável prazer em conversar. A maioria das lembranças que ela guardava do pai era dele falando, rindo, brincando, argumentando e suspirando, com um dos muitos amigos e companheiros de conversa que cultivava pela cidade. Na verdade, em grande parte de sua vida com ele, Anna pensava que cada uma das línguas que o pai falava havia sido feita sob medida, como um terno, para a pessoa com a qual ele conversava. Francês não era francês, era monsieur Bouchard. Iídiche não era iídiche, era *reb* Shmulik. Cada palavra e frase em armênio que Anna já ouvira lembravam-lhe o rosto do velhinho *tatik*, que sempre a recebia e a seu pai com xicrinhas de café forte e amargo.

Todas as palavras armênias cheiravam a café.

Se a jovem vida de Anna tivesse sido uma casa, os homens e mulheres com quem seu pai passava o tempo livre conversando teriam sido seus pilares. Eles mantinham o céu no alto e a terra embaixo; sorriam e falavam com ela como se fosse um dos seus próprios filhos. Nunca era apenas o professor Lania quem ia visitá-los; era o professor Lania e Anna. Ou, como eles poderiam dizer, professor Lania e Anja, ou Khannaleh, ou Anke, ou Anushka, ou Anouk. Seus nomes eram tantos quantas eram as línguas, quantas eram as pessoas no mundo.

É claro, se cada língua for apenas para uma pessoa, então uma menina acaba pensando: qual é a língua do meu pai? Qual é a minha?

Mas a resposta era bem simples: eles falavam as línguas de outras pessoas. Todos os outros pareciam limitados apenas a uma, no máximo duas ou três, mas o pai de Anna parecia totalmente livre dos limites que confinavam todos os outros na vasta e variada paisagem da Cracóvia. Ele não estava restrito a nenhuma maneira de falar. Podia ser o que quisesse. Exceto, talvez, ele mesmo.

E se isso era verdade para o pai de Anna, então deveria também ser verdade para Anna. Em vez de passar para a filha uma língua em particular que a definiria, o pai de Anna lhe deu o amplo espectro de línguas que ele conhecia, e disse: – Escolha entre elas. Faça algo de novo para você mesma.

Em nenhuma das lembranças que tinha dele, o pai de Anna aparecia sem dizer nada. Em sua memória, ele vivia como uma estátua vibrante, moldada na forma de sua postura de ouvir costumeira: o joelho direito dobrado sobre o esquerdo, o cotovelo apoiado no joelho, o queixo na palma da mão. Adotava essa atitude com frequência, mas, mesmo quando estava silenciosamente prestando atenção, o pai de Anna não conseguia deixar de se comunicar; seus lábios e sobrancelhas se contorciam e se retorciam em reação às coisas que as pessoas lhe diziam. Outras pessoas precisariam perguntar-lhe o que esses tiques e repuxões idiossincráticos significavam, mas Anna também era fluente nessa linguagem, e nunca precisou perguntar.

Ela e o pai passavam muito tempo conversando um com o outro. Falavam em todas as línguas, em todos os cantos do apartamento, e por todas as ruas da cidade. De todas as pessoas, Anna tinha certeza de que era com ela que ele mais gostava de falar.

A primeira vez que Anna percebeu que uma língua era um compromisso compartilhado entre pessoas – que duas pessoas que falavam a mesma língua não eram necessariamente idênticas – foi a única vez que conseguiu se lembrar de ter feito ao pai uma pergunta que ele não soube responder.

Eles voltavam para casa depois de um passeio, e já escurecia. Anna não reconheceu a parte da cidade em que estavam andando. O pai segurava sua mão com muita força, e seus passos largos de pernas compridas obrigavam-na a trotar para acompanhá-lo. O passo dele se acelerou, ficando cada vez mais rápido, enquanto o sol mergulhava debaixo dos telhados, e depois das colinas que ficavam além. Quando aconteceu, os dois estavam praticamente correndo.

Ela os ouviu antes de ver qualquer coisa. Havia a voz de um homem rindo, alto e alegre, tão genuinamente bem-humorado que Anna também começou a sorrir, excitada para ver o que estava provocando a risada. Mas quando eles chegaram à rua de onde vinha o som, seu sorriso parou.

Havia três soldados. O que ria era o menor deles. Ela não se lembrava dos outros dois com muita clareza, exceto que lhe pareceram absurdamente grandes.

– Pule! – dizia o soldado mais baixo. – Pule! Pule!

O velho grisalho, à frente deles, fez o possível para cumprir o que lhe era ordenado, saltitando impulsivamente no mesmo lugar, mas era evidente que havia algo de errado com a sua perna, talvez uma fratura mal consolidada. Estava bem visível que sentia um desconforto terrível. Com enorme esforço, mantinha-se em silêncio cada vez que seus sapatos batiam no calçamento de pedras, apesar da dor que distorcia sua expressão.

Isso parecia animar ainda mais o soldadinho.

Talvez a parte mais difícil dessa lembrança fosse o prazer puro e explícito daquela risada. Na mente de Anna, o soldado falava e, consequentemente, ria, na língua de herr doktor Fuchsmann.

Herr doktor Fuchsmann era um homem gordo, quase careca, que sempre usava colete. Usava óculos e uma bengala para ajudá-lo a se arrastar por sua pequena farmácia o dia todo. Herr doktor Fuchsmann era um homem de risada espasmódica, e cujo rosto estava quase sempre ficando afogueado. No curto tempo em que Anna o conhecera, ele havia lhe passado furtivamente mais biscoitos do que ela jamais vira em qualquer outro lugar.

E o soldadinho falava herr doktor Fuchsmann.

Anna ficou confusa. Não conseguia entender o soldado no contexto do doutor, nem o doutor no contexto do soldado. Então, fez o que qualquer criança faria em tal situação. Perguntou ao pai.

Se o pai de Anna não fosse o homem que era, e se Anna não tivesse ouvido, falado e pensado, em parte, em alemão pelo tempo que seus sete curtos anos continham neles o potencial da fala; resumindo: se seu sotaque não fosse tão convincentemente nativo, esta história poderia ter terminado antes de começar.

– Papa – disse Anna –, por que eles estão rindo daquele homem?

O pai de Anna não respondeu. O soldado virou a cabeça.

– Porque, *liebling* – ele disse –, isso não é um homem. É um *jude*.

Anna lembrava-se exatamente desta frase, porque foi a que mudou tudo para ela. Pensava que soubesse o que era uma língua, como funcionava, como as pessoas incorporavam diferentes palavras do ar, no qual haviam falado, a fim de formatar seus esboços à sua volta.

Mas isto era muito mais complicado.

Reb Shmulik não dizia *jude*. Reb Shmulik dizia *yid*.

E este soldado, não importa a língua que estivesse falando, era tão diferente de herr doktor Fuchsmann como queria que todos soubessem que era diferente de reb Shmulik, o Judeu.

Em 1939, um grupo de pessoas chamadas alemães entrou em um país chamado Polônia e assumiu o controle da cidade de Cracóvia, onde Anna vivia. Pouco depois disso, esses alemães instituíram uma operação chamada Sonderaktion Krakau, visando intelectuais e acadêmicos da cidade, entre os quais se achava o pai de Anna.

O dia determinado para a execução da Sonderaktion Krakau foi seis de novembro de 1939, o sétimo ano de Anna, e tudo o que ela soube naquela manhã foi que seu pai tinha que se ausentar por algumas horas.

Ele a deixou aos cuidados de herr doktor Fuchsmann pouco depois das onze, e não voltou mais.

Não era raro o pai de Anna deixá-la com seus amigos, quando tinha algum negócio urgente para resolver. Confiava nela o bastante para deixá-la sozinha no apartamento por breves períodos, mas ocasionalmente, é claro, precisava se ausentar por mais tempo. Ela ainda era muito pequena, e de tempos em tempos alguém precisava tomar conta dela.

O pai de Anna havia feito o possível para poupá-la do que estava acontecendo na cidade, mas uma guerra é uma guerra, e é impossível proteger para sempre uma criança do mundo. Havia uniformes na rua, pessoas gritando, cães, medo, e às vezes havia tiros, e se um homem ama falar, sua filha vai acabar ouvindo a palavra "guerra", falada, furtivamente, em voz alta. "Guerra" é uma palavra pesada em qualquer língua.

Anna lembrava-se vagamente de que houvera uma época antes que esta palavra pesada baixara sobre ela de todos os lados, como as beiradas reforçadas de uma rede, porém, mais do que a figura ou o rosto de qualquer pessoa em particular – mais ainda do que a breve impressão que conseguira formar de sua mãe –, o que caracterizava fundamentalmente a sua lembrança daquele tempo era a vida vibrante ao ar livre de uma cidade exuberante: conversas casuais em passeios nos parques públicos e jardins; copos de cerveja ou xícaras de café ou chá em mesas na calçada; mães, namorados e amigos gritando nomes por ruas de pedras reverberantes, esperando alcançar e fazer virar uma cabeça querida, antes que desaparecesse dobrando a esquina. Aqueles tinham parecido a Anna dias de calor e sol perpétuos, mas a guerra, ela aprendeu, era muito parecida com o mau tempo – se estivesse a caminho, era melhor não ser pega do lado de fora.

Em seus últimos meses, o pai de Anna passou um bom tempo dentro de casa com ela, conversando e, quando surgia a inevitável necessidade de silêncio, lendo. Sua intenção era boa, mas a maioria dos livros que tinha em casa estava muito além do nível de Anna. Então, ela passava grande parte do tempo com um livro em particular, um volume grosso de histórias infantis, recolhidas de diversas fontes. Fossem de Esopo, da Bíblia, mito norueguês ou egípcio, todas eram ilustradas pela mesma mão confortadora do século XIX, a bico de pena, reproduzidas ali em papel encorpado.

Anna sentiu falta desse livro, assim que se viu separada dele. Antes mesmo de sentir falta do pai.

Nas duas ou três primeiras horas após o meio-dia de seis de novembro, herr doktor Fuchsmann comportou-se como sempre fazia em relação a Anna, provocando-a e rindo por cima dos óculos enquanto a farmácia estava vazia, e imediatamente ignorando-a assim que o sino da porta tocava, assinalando a entrada de novo cliente. Havia muito menos cookies agora do que houvera tempos atrás, mas Anna entendia; herr doktor Fuchsmann tinha explicado a escassez, atribuindo-a à guerra. Esta era uma prática comum, com a qual Anna já estava bem familiarizada: ultimamente, sempre que alguém observava algo fora do normal, parecia que a explicação passava pela guerra.

Anna ainda não tinha certeza do que significava, precisamente, a palavra "guerra", mas parecia, pelo menos em parte, ser um ataque a seu suprimento de cookies, e ela simplesmente não podia aprovar tal fato.

A farmácia estava muito mais agitada nesse dia do que Anna jamais a vira, e as pessoas que vinham procurar ajuda com herr doktor Fuchsmann pareciam, em sua maioria, jovens alemães em uniformes com diferenças sutis. Mesmo alguns dos homens mais velhos, de terno, entravam falando um alemão claro e de som entrecortado que, embora fosse nitidamente a mesma língua de herr doktor, parecia a Anna inclinar-se para frente com músculos retesados, enquanto a dele recostava-se para trás, relaxada. Tudo era terrivelmente interessante, mas herr doktor Fuchsmann ficava nervoso quando ela prestava uma atenção exagerada a qualquer coisa que seus clientes tinham a dizer, e então ela fazia o possível para parecer que não estava ouvindo.

Ele tentou disfarçar sua crescente ansiedade conforme o dia foi avançando, mas quando chegou a hora de fechar a loja, e o pai de Anna ainda não tinha voltado para buscá-la, herr doktor Fuchsmann começou a se preocupar muito abertamente.

No entanto, Anna ainda não estava terrivelmente preocupada. Seu pai já tinha ficado fora por mais tempo, e sempre voltava.

Mas agora, de tempos em tempos havia tiros nas ruas, e cachorros latindo a distância. Herr doktor Fuchsmann recusou-se peremptoriamente a levar Anna para casa com ele, e esta foi a primeira semente de preocupação dentro dela. Ele sempre tinha sido muito meigo com ela, e era estranho que, repentinamente, se tornasse indelicado.

Naquela noite, Anna dormiu debaixo do balcão da farmácia de herr doktor Fuchsman, sentindo frio pela falta de cobertor, temerosa de ser vista ou de fazer barulho demais enquanto as ruas se enchiam de alemães com o avançar da noite.

Teve problemas para adormecer. A preocupação manteve sua mente ativa apenas o suficiente para impedir que cochilasse, mas não ativa o bastante para impedi-la de se entediar. Foi neste limiar sem fim de um momento que ela sentiu falta do seu livro de contos.

Uma de suas últimas histórias, na qual a encadernação desgastada se acostumara a se abrir, era sobre um fantasma longilíneo chamado o rei Amieiro. Anna amava olhar seu retrato até seu pavor atingir uma dimensão quase incontrolável, quando, então, fechava o livro. O medo desaparecia invariavelmente com o rei Amieiro preso entre suas páginas, e ela agora sonhava trancar com ele sua persistente preocupação.

Pela manhã, herr doktor Fuchsmann trouxe um pouco de comida para Anna. Isso a confortou, mas à hora do almoço ficou claro que ele não pretendia mantê-la por perto. Desculpou-se muito, disse a Anna que mandaria seu pai na mesma hora, caso ele voltasse à loja para buscá-la, mas que simplesmente não poderia mais tê-la na farmácia.

Tudo o que ele dizia fazia sentido. Quem era ela para discutir?

Ao sair para levar Anna de volta a seu apartamento, herr doktor Fuchsmann trancou a porta da farmácia. Ao chegarem, logo ficou claro para ela que o pai havia trancado sua própria porta ao irem ao encontro de herr doktor Fuchsmann no dia anterior. Mas herr doktor Fuchsmann nunca soube disso; assim que os dois avistaram o prédio de apartamentos, ele se desculpou e correu de volta à farmácia.

Anna sentou-se em frente à porta do seu apartamento por muito tempo. Ainda havia uma parte dela que tinha certeza de que o pai estava voltando, e ela tentou, o melhor que pôde, reduzir sua preocupação, e, em seu lugar, encorajar o crescimento dessa certeza. Sem dúvida, ele logo estaria de volta.

Mas ele não veio.

Sempre que sentia sua certeza fraquejando, Anna experimentava a maçaneta do apartamento. Tentou vezes seguidas, a cada vez ficando lenta e plenamente convencida de que, na verdade, seu pai não a trancara do lado de fora, e sim que ela, simplesmente, não tinha virado a maçaneta com força suficiente.

Por mais que quisesse que isso fosse verdade, no entanto, a porta nunca se mexeu. Em dias de paz, às vezes essas fantasias podem se revelar verdadeiras. Nunca, porém, em tempos de guerra.

Para Anna, ficar sentada ali pareceu uma eternidade, e em certo sentido era. Para uma criança, uma hora à toa é uma vida. Anna ficou ali sentada por pelo menos duas ou três horas, e, se não fosse pela velha sra. Niemczyk do outro lado do corredor, poderia ter ficado ali à espera do pai até que a guerra a impedisse.

A sra. Niemczyk frequentemente reclamava com o professor Lania (e com outros) que ele e sua menina falavam alto demais tarde da noite, mas o pai de Anna se convencera de que ela simplesmente não gostava que trouxessem ciganos, armênios e judeus para o prédio. A sra. Niemczyk só falava polonês, e só um pouquinho de cada vez. Durante toda a sua vida, nunca dissera uma única palavra diretamente para Anna, embora com frequência a velha falasse sobre ela com seu pai, em sua presença, normalmente para lhe dizer como ele não estava conseguindo criar a filha de maneira adequada. Desnecessário dizer que ela nunca foi uma visão particularmente feliz para Anna, e Anna era uma menina razoavelmente disposta a conhecer pessoas.

Pouco depois de Anna começar sua espera em frente à porta do apartamento, a sra. Niemczyk saiu de casa para uma rápida incumbência. Seus olhos pousaram em Anna ao seguir pelo corredor, e, ao voltar, não se desgrudaram de lá um segundo, até fechar a porta atrás de si.

Anna não sabia ao certo o que a sra. Niemczyk faria, mas a velha começou a abrir uma fresta de sua porta a todo momento, para verificar se a menininha ainda estava sentada no corredor, e toda vez que Anna a via, o pouco que podia entrever do rosto da sra. Niemczyk por trás da porta parecia cada vez mais satisfeito.

Se não fosse pela velha sra. Niemczyk, Anna poderia muito bem ter ficado esperando pelo pai.

Se não fosse pela velha sra. Niemczyk, Anna poderia muito bem nunca ter conhecido o Homem das Andorinhas.

Havia vários apartamentos e salas, até cafés e tavernas, por toda a Cracóvia, onde Anna teria sido bem-vinda em diversas línguas por um ou dois dias, por um dos amigos espalhados do seu pai, mas, ainda assim, ela voltou para a farmácia de herr doktor Fuchsmann. Afinal de contas, aquele era o último lugar onde vira o pai. Ali era onde ele achava que ela estaria.

Estava ficando tarde. Anna sentia fome, e, conforme o sol iniciou sua descida em direção ao horizonte, ela começou a pensar onde dormiria naquela noite. Aquela preocupação era uma sensação nova para ela. Até a noite anterior, o único lugar onde já havia dormido em toda sua vida era a caminha atrás da porta fechada do seu apartamento, próxima ao quarto do pai.

Herr doktor Fuchsmann estava ocupado com um cliente, quando Anna chegou à rua em que ficava sua farmácia. Ela podia vê-lo pelas grandes vitrines de vidro, conversando com um homem de terno, e, embora olhasse diretamente para ela, ele parecia não vê-la.

Estava frio lá na rua.

Apesar de, sob diversos aspectos, estar acostumada a se comportar como adulto, mesmo sendo tão pequena, naqueles dias Anna seguia à risca a obediência infantil. Herr doktor Fuchsmann havia lhe dito que não poderia tê-la em sua loja; por mais que ela tivesse certeza de que as circunstâncias eram diferentes do que ele pensara, por mais desesperada que estivesse, não entraria a não ser que fosse autorizada.

Era isso que os adultos chamavam de "ser uma boa menina".

Anna ficou quieta do lado de fora, esperando um pai que não viria. A rua que abrigava o comércio de herr doktor Fuchsman era curta, um caminho de pedras, sinuoso e estreito, que ligava duas ruas importantes, e continuava além delas. Não havia muito trânsito ali, e, exceto por aqueles clientes que iam à farmácia e às poucas outras lojas ao rés do chão, a maioria das pessoas que ia e vinha pela ruazinha vivia na parte de cima dela, e não se demorava nem na chegada, nem na saída. Anna mantinha os olhos baixos, pedindo em silêncio que cada pessoa que passasse não a visse, ou que fosse seu pai. Passou o tempo inquieta, procurando que linhas soltas na sua saia poderiam ser puxadas.

Foi o som de sapatos que finalmente chamou sua atenção. O ritmo clac-clac deve ter subido e descido a rua uma centena de vezes naquela tarde, circulando por lá, indo e vindo, desaparecendo por um tempo e depois tornando a voltar, antes que o som de saltos maciços de madeira contra as pedras da rua finalmente se tornasse familiar para ela. O que a fez levantar a cabeça, surpresa, foi a certeza de conhecer aqueles sapatos. Não demorou muito para que o homem acima deles a notasse, reparando nele.

O homem era alto e excessivamente magro. Seu terno, de lã marrom e em três peças, devia ter sido feito especialmente para ele. Era difícil imaginar qualquer outro homem com tais medidas, e suas roupas lhe caíam como uma luva. Carregava uma velha maleta de médico, o couro marrom e gasto um pouco mais claro do que a cor do seu terno escuro. Tinha acabamentos em latão, e na lateral da maleta havia o monograma SWG, num vermelho desbotado que originalmente deveria ter a cor da sua gravata escura. Um guarda-chuva preto e comprido ia encaixado entre as duas alças da maleta, embalado no alto, apesar da claridade do céu.

O homem magro parou ao notar que Anna o olhava, e, de uma altura imensa, olhou de volta para ela através de seus óculos redondos, de aros dourados. Na boca trazia um cigarro apagado, que ele pegou entre os dedos longos e delgados e removeu, respirando para falar.

Precisamente naquele momento, o sino do comércio de herr doktor Fuchsmann anunciou a saída para a rua de um jovem soldado alemão. O homem magro virou a cabeça bruscamente em direção ao jovem soldado e se dirigiu a ele num alemão claro, conciso e extremamente erudito, perguntando-lhe se aquele era o estabelecimento do famoso médico de quem todos pareciam gostar tanto. Anna percebeu que estava prendendo o fôlego.

O homem alto e o estranho conversaram brevemente, de maneira cordial, o soldado assegurando a qualidade e o interesse do serviço lá dentro. Afinal de contas, o médico era alemão, e dificilmente se esperaria que um desses médicos *poloneses* rivalizasse com ele.

Depois de uma pausa apropriada, o homem magro acenou seus agradecimentos ao soldado e dirigiu o olhar em direção à farmácia. Exibia um ar de autoridade, e Anna começou a especular, como deve ter acontecido com o soldado, se deveria saber quem ele era. O jovem soldado, bem familiarizado com os costumes do superior implícito, interpretou o aceno de breve agradecimento como a despedida que pretendia ser, mas, antes que tivesse se afastado muito, o homem magro chamou-o novamente.

— Estava pensando, *soldat*, se você poderia acender o meu cigarro. — As longas mãos do homem magro estavam cruzadas às costas. Não havia a menor possibilidade de que pudesse ser incomodado para acender seu próprio cigarro.

O jovem soldado, servilmente, aquiesceu. O homem magro não estabeleceu contato visual, não emitiu uma palavra de agradecimento, nem mesmo de reconhecimento.

Deu uma longa aspirada em seu cigarro.

O soldado desapareceu na Cracóvia.

O homem magro encheu novamente o pulmão de fumaça, antes de se voltar para Anna.

– Então – disse, no seu belo alemão, deixando escapar tanto fumaça quanto som dos seus lábios –, quem é você?

Anna não fazia ideia de como responder a essa pergunta. Seu maxilar se mexeu, tentando encontrar alguma palavra em alguma língua para ser esculpida do ar. Sabia haver uma versão para "Anna" que os alemães usavam para ela, mas, de alguma maneira, pareceu errado dizer a este homem de rígida autoridade que aquela palavra era quem ela era. Além disso, estava com frio, com fome e assustada, e sua mente se esforçava para lembrar, antes de mais nada, qual era o diminutivo específico.

O homem magro levantou uma sobrancelha e inclinou a cabeça à direita. Franziu o cenho e mudou para polonês:

– Quem você está esperando?

Enquanto seu alemão era claro e conciso, seu polonês era igualmente sonoro e rápido. Era a primeira pessoa que Anna ouvira, desde seu pai, com igual domínio de mais de uma língua.

Quis responder, quis conversar, mas não sabia o que poderia lhe contar. Ocorreu-lhe dizer que estava esperando pelo pai, mas, de fato, já não tinha tanta certeza da verdade disso, e se algo era evidente em relação àquele forasteiro alto, era ele não ser alguém a quem se mentisse.

O homem alto acenou com a cabeça em resposta ao silêncio de Anna, e mudou para russo: – Onde estão seus pais?

Esta pergunta deveria ser fácil de responder, exceto que Anna honestamente não poderia dizer, porque não sabia. Estava prestes a admitir isso, mas a essa altura o homem alto já se acostumara com sua falta de respostas, e mudou rapidamente, falando mais uma vez, em iídiche.

– Você está bem?

Foi esta pergunta que fez Anna chorar. É claro, à sua maneira, as outras, e a impossibilidade de respondê-las, eram igualmente desconcertantes e perturbadoras. Talvez fosse o súbito abrandamento do seu tom; ele, um homem que até então era mais do que um pouco assustador para ela, assomando ali, acima dela, subitamente preocupado. As coisas tinham se tornado progressivamente menos satisfatórias por semanas e meses agora, e ela não era capaz de se lembrar de ninguém mais perguntando como estava. Até seu pai tinha andado tão ocupado, se esforçando para lhe proporcionar um tipo aceitável de estabilidade, que se esquecera de perguntar se tinha funcionado.

Talvez fosse o iídiche. Aquela era a língua de reb Shmulik. Fazia muitas semanas que Anna não via reb Shmulik e, embora fosse criança, não estava cega para o que vinha acontecendo com os judeus da cidade. Parte dela não tinha certeza de que o iídiche ainda sobrevivesse, até ser falado pelo homem alto.

A explicação mais provável para as lágrimas de Anna, no entanto, era que esta era a única pergunta que, com certeza, sabia responder: ela não estava bem.

O homem magro pareceu mais perplexo do que preocupado com suas lágrimas. Mais uma vez, suas sobrancelhas se juntaram, e ele inclinou a cabeça de lado, enquanto olhava para ela. Acima de tudo, o homem magro pareceu curioso.

Os olhos do homem eram muito aguçados. Eram profundos em sua cabeça, e mesmo que uma menina estivesse fazendo força para esconder suas lágrimas do mundo, penaria muito ao tentar não olhar para eles. Como anzóis, capturavam os de Anna e os atraíam para ele.

Seu gesto seguinte mudou a vida de Anna para sempre.

O homem magro virou seus olhos alertas em direção aos beirais dos prédios que se agrupavam em torno da rua curta. O olhar cativo de Anna foi logo atrás. Ao avistar o que queria, o homem magro juntou os lábios fechados e soltou um trinado, uma frase num límpido assobio em direção ao céu.

Houve um súbito barulho de asas, e um pássaro veio, mergulhando na rua como se fosse uma bomba caindo. Abriu as asas para abarcar o ar e retardar sua descida, pousou num calçamento cinza de pedras molhadas, saltitou, piscou e inclinou a cabeça para o lado, olhando o homem magro acima.

O homem passou seu cigarro da mão esquerda para a direita, e, se agachando ao nível da rua, os joelhos pontudos quase chegando à altura das orelhas, estendeu seu indicador esquerdo para a direita, paralelo ao chão.

Por um momento, o pássaro ficou parado. O homem magro falou novamente com ele, e, como se tivesse sido chamado pelo nome, rapidamente veio pousar no galho do seu dedo.

O homem magro virou-se devagar, levando o pássaro até Anna; olhou-a diretamente em seus grandes olhos, e levantou o indicador direito até os lábios, pedindo silêncio.

Não era preciso. Atenta para não assustar a criaturinha delicada, linda e luminosa, Anna não apenas já havia parado de chorar, como também percebera que estava segurando a respiração.

Anna pôde ver o animal com incrível clareza quando ele o estendeu para ela, apenas a centímetros do seu rosto. Tinha a cabeça e as asas de um azul iridescente, vibrante, vívido, e sua cara e colarinho eram laranja-claro. O rabo era dividido em uma ampla bifurcação, e ele se movia em rápidos impulsos, alternando com momentos de perfeita imobilidade, olhando para ela, como se o homem magro tivesse conseguido produzir uma série de esculturas perfeitamente realistas para empoleirar em cima da sua mão, cada qual continuamente substituída pela próxima.

Anna sorriu contra a vontade e estendeu a mão para tocar o pássaro. Por um momento, pensou que poderia apenas encostar as pontas dos dedos em suas penas macias, mas, num movimento brusco chocante, ele levantou voo, indo para o céu, em vez de ficar e ser tocado.

A boca do homem magro estava trancada numa expressão impassível, mas seus olhos argutos reluziram com uma espécie de chama triunfante, e, com rapidez e facilidade surpreendentes, ele recuperou sua altura total, e começou a atravessar a rua em direção à farmácia de herr doktor Fuchsmann. Anna ficou perplexa por ele ter chegado a ouvi-la, quando ela exalou no ar a pergunta que fazia para si mesma.

– O que foi aquilo?

– Aquilo – disse o homem magro, sem se virar – era uma andorinha.

O sino da porta da farmácia tocou quando ela foi fechada.

Ao sair da loja de herr doktor Fuchsmann, ficou evidente que o homem magro não tinha intenção de continuar conversando com Anna. Seus olhos, ferramentas feitas especificamente para a captura de outros como eles, passaram naturalmente por onde ela estava, encolhida contra a parede, sem nem mesmo se deter, e, antes que Anna pudesse ficar em pé, seus passos de estopim o levaram a meio caminho para a entrada da viela.

Mas Anna estava preparada quando ele saiu da farmácia.

Em uma rápida profusão de línguas conflitantes, respondeu a todas suas perguntas.

Em iídiche, disse:

– Agora estou melhor. – E depois em russo: – Não acho que meu pai vá voltar. – Em alemão, ela disse: – Sou eu mesma. – E depois em polonês: – E agora estou esperando você.

Por um momento, o homem alto ficou em silêncio na rua. Qualquer outro homem vivo teria ficado atônito, mas ele não demonstrou qualquer impressão em particular, apenas olhou para Anna atentamente, com seus olhos escuros, perscrutadores.

Quando já não conseguia esperar mais, Anna acrescentou, em francês, por ser a coisa mais próxima em que pôde pensar:

– E não falo língua de pássaro.

Esta foi a primeira, das três vezes, que Anna ouviu o Homem das Andorinhas rir.

– Não falo francês – ele disse.

Ficou por um instante em silêncio, então, observando a imobilidade de Anna, como se esperasse ver alguma indicação ou sinal do que estava por vir na expansão e contração de sua pequena caixa torácica.

Anna se sentiu afundando na imobilidade vazia. Era a primeira vez que havia dito aquilo, a primeira vez que havia até mesmo se permitido pensar naquilo com tanta clareza: não achava que seu pai voltaria.

Pareceu rude e errado dizer isso, como rasgar metal enferrujado e denteado com as mãos desprotegidas; como se seu pai a tivesse chamado do outro lado de um pátio cheio de gente, e ela o tivesse ouvido e virado as costas.

Tudo estava imóvel.

Abruptamente, o homem magro tomou alguma decisão, e quando Anna o viu começar a caminhar para ela a passos largos, ficou surpresa por se ver, subitamente, amedrontada.

Não havia dúvida de que o estranho alto não era uma figura tranquilizadora. Continha uma ameaça, uma intensidade silenciosa que não era nem um pouco parecida com o tipo de atributo que as pessoas cultivam para atrair os afetos das crianças. Mesmo assim, havia algo nele, talvez a parte que havia falado com tanta facilidade com a andorinha, que a fascinava. Ele era estranho, com certeza, mas sua estranheza era de um tipo familiar, aguda. Talvez Anna e seu pai não tivessem tido uma língua própria aos dois, ou talvez sua língua tivesse sido todas as línguas. Anna tinha uma sensação irresistível de que nesse homem alto havia encontrado mais um de sua rara tribo, um homem de muitas línguas.

Quando o homem magro havia, em poucos longos passos, coberto a distância que o separava dela, Anna estava pronta, apesar de todo seu medo, para ouvir que esse estranho havia sido mandado para buscá-la. Estava pronta para que lhe dissesse que se ela apenas confiasse e o seguisse de perto, seria levada de volta para onde seu pai estava; que esse homem havia sido mandado para ser seu guardião e protetor, até que ela pudesse ser devolvida ao seu devido lugar.

Ela havia decidido.

Mas o homem não fez tal declaração. Em vez disso, agachando-se bastante, estendeu-lhe um cookie, exatamente como os outros que herr doktor Fuchsmann havia lhe dado.

Só um cookie.

Mas, na mente decidida de Anna, isso era uma espécie de mistério da transubstanciação; indicava uma espécie de transferência da ordenação paternal entre herr doktor Fuchsmann e o homem alto, e esse desdobramento era melhor do que qualquer um dos outros cenários possíveis, mais verbais que ela pudesse ter imaginado. Não apenas era delicioso, era uma espécie de mágica. E também era delicioso.

O homem alto observou com verdadeiro prazer Anna mordendo o cookie. Para uma menina pequena, fazia um bom tempo que ela não comia, e, com certeza, nada tão gostoso quanto um biscoito açucarado e amanteigado. Não demorou muito para que toda a coisa tivesse sumido.

Quando Anna desgrudou a atenção do cookie súbita e inacreditavelmente desaparecido, o homem magro havia se endireitado e estava parado bem acima dela.

– Fique fora das vistas – ele disse, após um longo tempo, e depois, voltando os olhos para Cracóvia – pelo tempo que conseguir.

E então, com os saltos maciços de madeira anunciando seu progresso, ele se afastou de Anna e desapareceu na agitação da rua distante.

Talvez fosse um pouco tarde, mas, aos sete anos, Anna ainda estava imersa no processo de entender como o mundo realmente funcionava. Sete curtos anos haviam sido pontuados por uma série de turbulências e reviravoltas na maneira como sua vida funcionava: a partida da mãe, depois um mundo em guerra, e agora um pai também desaparecido. Por tudo que entendia, essa era a Maneira das Coisas. O que era sabido não permanecia; o que se esperava, desaparecia. Para uma menina mimada de sete anos, então, Anna havia se tornado excessivamente hábil em adaptação. Em qualquer língua que alguém lhe falasse, era a língua com a qual ela falava de volta.

Assim, quando o homem magro veio, falando de andorinhas e tirando seu cookie favorito do ar, por que ela não aprenderia a falar a sua língua? E a língua do homem magro era uma coisa errática, mutante: com soldados, ele falava com uma autoridade que beirava o desdém; com passarinhos do ar, falava com uma ternura delicada.

E, no entanto, havia algo por detrás do seu rosto impassível, enquanto ele a observava tentando alcançar o passarinho, ou saborear o recheio doce do cookie, havia algo nele além de todo o ofuscamento e o tremeluzir, algo sólido, firme e verdadeiro. Algo recôndito.

Este era um homem que nem sempre dizia o que pretendia ou sentia.

Anna sabia que línguas diferentes lidavam, em nuances de expressão, com diversos níveis de explicitação: em uma língua, um idioma poderia apresentar bem objetivamente o que o narrador quisesse comunicar, enquanto em outra, graças ao truque de uma metáfora discreta, um sentimento profundo ou uma opinião sub-reptícia poderiam muito bem ser apenas sugeridos.

Tudo isso para dizer que Anna sabia, com uma fúria surpreendente, grande o suficiente para lhe dar forças para lacerar ferro frio com suas próprias mãos nuas, que havia outras palavras entre aquelas que o estranho alto havia lhe dito.

– Fique fora das vistas – o homem alto havia dito. – Pelo tempo que conseguir.

Anna sorriu consigo mesma.

– Aqui vou eu.

Havia decidido.

Siga o líder

Anna nunca havia saído da Cracóvia, mas acompanhara seu pai a muitos dos jardins públicos da cidade, antes que a mortalha da guerra tivesse baixado, e quando, muito à sua frente, viu o homem alto chegar às colinas, pensou com excitação que ele a estava levando para o maior parque que ela já vira.

Não havia sido difícil para Anna rastrear o homem magro pelas ruas do centro da cidade. Ele ficava, no mínimo, uma cabeça acima da maioria das pessoas por quem passava, e, mesmo bem atrás, não teve problema em localizar a cabeça que sobressaía acima de todas as outras, desde que não a deixasse escapar na dobra de uma esquina.

O que era difícil era ficar fora das vistas, como o homem magro havia aconselhado. Há dois tipos de criança nas ruas em época de guerra: as que levam os adultos passantes a voltar a cabeça para seu infortúnio, e as que os levam a desviar o olhar. Anna tinha sorte suficiente para pertencer às do primeiro grupo, embora isso não fosse conveniente sob as circunstâncias atuais; as crianças que fazem parte do segundo estão, com grande frequência, muito além de uma ajuda.

Não obstante, Anna queria muito evitar atenção, e não demorou muito para descobrir esse truque. Uma menina bem alimentada, num lindo vestido vermelho e branco, imediatamente desperta suspeita se seu rosto estiver tomado por preocupação e esforço, se ela se esticar para ver o que há bem à frente, se simplesmente se mover em surtos de atividade; e era isso precisamente o que sua presente tarefa exigia que fizesse. No entanto, em um cruzamento, teve certeza de ter visto monsieur Bouchard, o velho amigo francês do seu pai, na rua à frente, e subitamente, num impulso, abandonando qualquer esforço em acompanhar o estranho alto, sorriu e correu cheia de alegria em direção ao homem conhecido.

No final, não era monsieur Bouchard, mas o efeito deste rompante de animação lhe ficou imediatamente claro. Quando caminhava pela rua hesitante e preocupada, os adultos que a viam pareciam se juntar à sua agonia, tentando levar este sentimento consigo, a contragosto, e a tensão do esforço causava uma espécie de conexão involuntária entre o adulto e a criança, até se perderem de vista. Na maior parte do tempo, Anna tinha certeza de que a intenção deles era boa, mas parecia ser só uma questão de tempo para que alguém a parasse, e então ela não sabia o que poderia acontecer.

Por outro lado, quando correu pela rua exibindo um sorriso de expectativa, os adultos que passavam continuaram reparando, mas não tentaram levar sua alegria com eles; em vez disso, a visão provocou dentro deles um tipo semelhante de alegria, e, satisfeitos com esta sensação, sobretudo no ambiente perpetuamente ameaçador de uma ocupação militar, continuaram em seu caminho sem perder sequer um minuto para pensar na menina.

Foi com alegria, então, e não com preocupação, que ela seguiu o homem magro, passando pelos guardas nos limites da cidade – eles não a olharam uma segunda vez – e quando Anna se viu sozinha nas colinas ao lusco-fusco, esse esforço de felicidade simulada resultara numa excitação verdadeira dentro dela.

O problema era que as pernas do homem magro eram muito compridas, e cada passada rápida sua exigia três ou quatro dela, para se igualar a seu avanço. Agora que eles estavam fora da cidade, e fora das vistas de seus milhares de moradores em trânsito, Anna achou que era hora de eles dois se reunirem. Afinal, havia cumprido a tarefa que o homem alto lhe designara, evitando atenção até parecer que não havia sobrado ninguém, e agora desejava ardentemente a segurança de uma companhia na escuridão crescente.

O sol tinha se posto além do horizonte havia vários minutos, quando o homem magro parou de repente no meio da trilha de terra batida que andara seguindo. Sua imobilidade foi tão intensa e abrupta que a própria Anna instintivamente ficou paralisada por um momento, antes de perceber que aquela era sua chance de ganhar terreno.

Foi nesse momento de imobilidade que ela percebeu o quanto havia esfriado. O vento fustigava ao seu redor, quando desceu a colina em direção ao homem alto, mas bem quando ela pensou que estava se aproximando o bastante para chamá-lo, ele se virou e, com redobrada velocidade, entrou rapidamente na pastagem aberta e escura à sua direita.

Sem pensar, Anna seguiu-o.

Foi só quando olhou por cima do ombro, para trás em direção à estrada, que viu o movimento para cima e para baixo dos solavancos dos raios das lanternas, e ouviu a conversa ruidosa entre quem quer que estivesse vindo pela estrada.

– Fique fora das vistas – ele dissera.

Havia sido difícil para Anna acompanhar os passos do homem magro. Agora, parecia quase impossível. Ele estava adentrando os amplos campos fora da estrada, na maior rapidez e no maior silêncio possíveis, e conforme foi engolfado pela escuridão, Anna começou a se preocupar que o perderia de vista. Passou a trotar, depois a correr, e tinha a sensação de estar correndo uma infinidade de tempo dentro da escuridão inexplorada, atrás do homem magro.

Antes que se desse conta, a escuridão ficou profunda e densa, e ela mal podia ver quem ou o que se movia nos campos à sua frente. Queria chamar, sentiu a vibração crescente do pânico perante a ideia de que poderia ter descoberto uma maneira de se tornar ainda mais sozinha do que estava antes, mas algo no desejo de elevar sua voz pareceu proibitivo pelo próprio clima que cercava esse homem alto. Toda a existência dele era como um indicador gigante e silencioso, levado aos lábios do universo.

Shh.

Mas então ela viu aquilo – aproximando-se do homem magro no escuro, irrompendo rapidamente de algum canto mais profundo na pastagem, em frente a ela, mas atrás dele – o reflexo do bruxuleio tênue de um lampião coberto. O brilho diminuído da chama era vago, mas, na noite súbita do campo, resplandecia no seu olho como um farol, e ela viu, claramente, a figura de um homem encorpado e tenso, seguindo atrás da guia retesada de um cachorrão.

Anna era uma menina de atenção incomum, mas não era necessária nenhuma habilidade para saber o que, na Cracóvia de onde ela acabara de vir, significava um cachorro na extremidade de uma guia retesada.

Não houve hesitação na voz de Anna.

– Ei! – ela chamou, e repetiu: – Ei!

Três cabeças viraram-se rapidamente para ela. A reação do estranho alto foi espontânea, quase contínua, como se Anna e ele a tivessem ensaiado.

– Ah – disse o homem magro com um suspiro de indescritível alívio; e, soltando a mala que carregava, correu o mais rápido que pôde para onde Anna estava parada. – Graças a Deus – disse. – Você está bem?

Anna ia falar, mas, em cada momento que poderia fazê-lo, o homem magro facilitava, jorrando uma torrente imediata de recriminações e afeto aliviado, em vários "O que você estava pensando?" e "Você me deixou preocupado".

Com uma longa mão, trouxe Anna para junto de si. Com a outra, tirou os óculos do rosto com rapidez e destreza, guardando-os em um bolso interno do casaco, o qual fechou até o pescoço para esconder o terno bem-feito, sob suas lapelas largas e erguidas.

O homem encorpado e seu cachorro ficaram onde o homem magro jogara sua mala, e Anna foi, então, conduzida gentilmente de volta até eles. Estava tão oprimida pelo excesso de atenção que, quando o homem magro lhe fez uma pergunta direta, não pensou para responder.

Ele parou e perguntou novamente.

– Querida, eu disse, você promete tomar mais cuidado?

Anna franziu o cenho. Tinha sido muito cuidadosa. O homem magro é que não tinha visto a aproximação do cachorro e do homem com o lampião. Mas por outro lado, ele lhe havia dito que ficasse fora das vistas, e ela, deliberadamente, chamara atenção para si. Talvez fosse isto que ele quisesse dizer. Ela detestava quebrar as regras e fazer a coisa errada, e mesmo este tipo peculiar de transgressão, sobre a qual tinha pouco conhecimento, lhe provocava um verdadeiro remorso.

Anna concordou contritamente:

– Sim, prometo.

O homem magro suspirou pesadamente, e olhou de modo conspiratório para o homem por detrás do lampião, como se dissesse: *Por que as crianças nunca aprendem?*

– Estas terras devem ser suas, não é? Sinto tê-lo incomodado. Querida, peça desculpas ao homem.

A esta altura, Anna já havia reconhecido seu erro, e nesse estado nenhuma criança deixará de pedir desculpas, com o mínimo de entusiasmo.

– Me desculpe – ela disse.

– Obrigado – disse o homem magro. – Ah! Estamos muito mais atrasados do que dissemos. A vovó vai ficar preocupada. Você precisa tomar mais cuidado.

Nem com muito esforço, Anna conseguia atinar de quem o homem magro poderia estar falando. Nenhum dos seus avós ainda estava vivo.

No entanto, não havia tempo para perguntas. Com fala fluente, mas sem pressa, o homem magro voltou-se novamente para o homem detrás do lampião e disse:

– Sinto muito. Estou confuso. Poderia me indicar o caminho de volta para a estrada?

Fez-se um silêncio súbito.

Este foi o primeiro momento em que foi pedido, até permitido, ao homem do cachorro e do lampião que falasse.

A pergunta do homem magro ficou suspensa no ar.

Anna não respirou.

Finalmente, o homem encorpado levantou o braço e gesticulou com a lanterna.

– Por ali – disse, num polonês duro e reverberante. – Dez minutos de caminhada.

O homem magro sorriu.

– Obrigado – disse, e, trazendo Anna para perto, virou-se e, num passo decidido, conduziu-a em direção à estrada.

Anna não sabia o que esperava, mas não era isso. Andaram em silêncio, e o clima entre eles ficou pesado e tenso. Será que ela errara em alertar o homem magro sobre o perigo iminente? Deveria ter se mantido mais fora das vistas? Pela primeira vez desde que ele lhe dera o cookie na Cracóvia, viu-se pensando se, de fato, o homem alto pretendia que ela o seguisse, para começo de conversa.

Mas, mesmo assim, sentira-se realmente protegida quando ele a puxou para junto dele, sentiu nele uma preocupação verdadeira quando atravessou o campo correndo em sua direção. A vibração que ela agora reconhecia no ar não era uma percepção simples e monolítica de uma insatisfação adulta; era uma coisa tensa, dividida, densa, com tipos entrelaçados e conflitantes de preocupação. Algo estava acontecendo, algo dentro daquele estranho alto, às escondidas.

Isto Anna sabia com perfeita e intuitiva certeza. Era uma criança.

Em casa, na Cracóvia, Anna havia desenvolvido o hábito de entender as pessoas, comparando-as com aquelas que já conhecia, como se estivesse traduzindo a frase incomum de cada novo ser humano, usando sua gama completa e multilíngue de vocabulário. Frequentemente quando, na presença do pai, era apresentada a novas pessoas, via-se ansiosa por um momento privado, no qual pudesse dizer a ele de quem mais essa nova pessoa era composta.

– Como a sra. Niemczyk, se ela nunca tivesse ficado velha, e não fosse má.

Ou:

– Como o professor Dubrovich, se falasse o polonês de madame Barsamian, e tivesse a idiotice de monsieur Bouchard.

Às vezes, no decorrer dessas descrições, Anna atentara para alguma qualidade ou característica distinta – a idiotice mencionada acima era uma delas – compartilhada entre muitas pessoas, e seu pai a nomeara para ela:

Idiotice

Resiliência

Convicção

Deferência

Orgulho.

Agora, tentando entender o homem magro, Anna pensou que talvez tivesse descoberto um novo exemplo de tal qualidade.

É claro que o homem magro se assemelhava a seu pai na facilidade com as línguas. Isso era óbvio. Mas não era isso que Anna queria dizer quando pensou em papaisice.

Qualquer criança que saia a esmo pelo mundo logo aprende a distinguir entre os adultos que aprenderam a lidar com crianças e aqueles que podem ser explorados por sua falta de tal experiência; há adultos cuja autoridade é uma fortaleza bem estruturada, e outros com uma fachada frágil, frequentemente rebuscada, sem suporte. É tarefa da criança testar essas construções, e, como qualquer uma delas, Anna havia aprendido a reconhecer os dois tipos.

Esta qualidade, papaisice, era em parte composta, na mente de Anna, pelo primeiro, um senso de autoridade mais habilidoso, mas só em parte. Também havia algo mais, algo que ela lutava para descrever para si mesma, algo que a fazia sentir o tipo total de proteção e segurança que frequentemente, ao final da infância, deixa para sempre de existir. Essa coisa era a melhor metade da papaisice. Nem todo homem possui muito talento nessa área, assim como muitos homens não conseguem cantar afinado ou descrever um pôr do sol de maneira convincente.

Mas o homem magro tinha muitos talentos.

Nenhuma palavra ainda fora dita quando eles chegaram à estrada. O homem magro não olhara para Anna nem uma vez, enquanto caminhavam, mas isto não significava que ele não a estivesse observando.

Anna estava bem preparada para voltar pela trilha de terra assim que a encontrassem, mas não era essa a intenção do homem magro, e, sem uma palavra de explicação, ele continuou além da trilha, fazendo uma curva em seu percurso, para se dirigir a um denso agrupamento de árvores no horizonte. Ela estava prestes a lhe perguntar aonde estavam indo, quando ele rompeu o silêncio:

– Obrigado por me alertar – disse.

Anna ficou terrivelmente confusa com isso. Ele estava agradecido com o que ela havia feito, ou zangado? Não entendeu. No entanto, sabia que era grosseiro não responder quando alguém agradecia.

– Não tem de quê – disse, com tanta segurança quanto conseguiu reunir.

O homem magro suspirou e disse: – Você fez bem.

Ele diminuíra o ritmo da marcha significativamente, em respeito à diferença das passadas de cada um, mas Anna ainda precisava dar dois passos para cada um dele, e agora o único som que rompia o silêncio da noite era a rápida subdivisão no mato do som dos passos dele pelos dela.

Por fim, ele falou novamente:

– Ouça com muita atenção – disse lentamente, soltando mais um suspiro. – O mundo do jeito que está é um lugar muito, muito perigoso. – Sua voz tornara-se fria e determinada.

Anna não estava preparada para o súbito pavor e a tristeza que essa afirmativa lhe trouxe. Normalmente, quando os adultos falavam sobre perigo em sua presença, rapidamente lhe asseguravam que tudo ia ficar bem, que ela estaria segura. O homem magro não fez nada disso, e sua omissão ressoou na noite como verdadeira, bem como suas palavras.

Tudo o que ele disse – até, talvez especialmente, as coisas que deixou de fora – parecia carregar o confiável peso da verdade.

Anna fez o possível para disfarçar sua súbita dificuldade em respirar, mas o homem magro era sensível.

– Isto assusta você? – perguntou.

Ela confirmou com a cabeça.

– Sim.

O homem magro franziu o cenho.

– Ótimo.

À frente deles, as árvores escuras assombravam como um grupo de gigantes de madeira, cada um deles um eco do companheiro de Anna.

– Você conhece pessoas na Cracóvia? – perguntou o homem magro.

Anna confirmou com a cabeça.

– Pessoas que tomarão conta de você?

Anna não tinha uma boa resposta para isto. Antes, poderia ter dito que sim, mas antes teria falado de herr doktor Fuchsmann como um dos primeiros a cuidarem dela. Além disso, embora nunca fosse se permitir reconhecer isso, a própria Cracóvia passara a ser ameaçadora. O que era aquele lugar agora, o que eram suas salas e calçadas, o que era cada centímetro de espaço negativo entre os prédios, automóveis e saltos de botas da cidade, se não a grande boca aberta que engolira seu pai?

Pela primeira vez desde que haviam começado a caminhar juntos, o homem alto olhou para Anna em seu silêncio. Agora, seu tom estava delicadamente didático, e sua voz passou a usar a cadência autoritária de alguém muito acostumado a transmitir informações aos menos informados:

– Ouça-me, se alguma vez você duvidar de que tenha alguma coisa boa ou confortável na qual queira se apoiar, então é melhor assumir que não tem. – Novamente o homem magro ficou em silêncio por um tempo. – Esta não é uma época para esperança.

Anna não respondeu. Juntos, os dois atravessaram por debaixo da baixa borda dos galhos de árvore.

Por um tempo maior, agora, voltaram a ficar em silêncio. O homem magro fez com que eles dessem voltas e mais voltas no bosque de árvores, até que finalmente se acomodou num canto distante da estrada. Anna sentou-se ao seu lado. O chão estava frio e duro, e as raízes das árvores cutucavam-na com desconforto.

Assim que ela se retorceu numa posição em que poderia se aguentar por vários minutos seguidos, o homem alto levantou-se e começou a tirar camadas de si próprio. Entregou a Anna seu paletó de mangas compridas, no qual ela se enrolou agradecida, protegendo-se do frio, e depois se enfiou de volta em seu casacão.

– Pela manhã – ele disse –, levarei você de volta para a Cracóvia, e haveremos de encontrar alguém que tome conta de você. Não é bom uma menina ficar sem um pai nos dias de hoje.

Com isso, o homem magro virou-se e fechou os olhos.

O coração de Anna mergulhou como uma pedra pesada no poço das suas entranhas.

– Pela manhã – ele dissera –, levarei você de volta para a Cracóvia.

Isto era impossível. Ela sabia muito bem que não havia mais a Cracóvia, pelo menos não no sentido verdadeiro. Não poderia ficar lá.

Ainda assim, algo incomodou Anna na decisão sumária que o homem magro tomara.

Ela simplesmente não acreditava nela.

Não conseguia parar de pensar na maneira como ele rira, quando ela lhe falou em todas as línguas, não conseguia parar de se lembrar da centelha escondida nas profundezas dos seus olhos, ao vê-la tentando tocar na andorinha que ele invocara.

Com certeza havia pessoas no mundo que pareciam não ter utilidade para as crianças, pessoas nascidas alérgicas a tudo que ficasse abaixo da altura do quadril, geralmente pessoas que passavam muito tempo por dia a serviço de suas roupas ou de seus pelos faciais. Mas seria este homem uma dessas pessoas? Com toda ênfase, não. Ele era assustador em alguns aspectos, com certeza, até mesmo em muitos, mas também era inteligente, estimulante e poderoso.

E bom.

Apesar do peso da verdade em cada uma de suas palavras, para Anna soou muito como uma mentira que este homem a jogaria de volta, desprotegida, na turbulência da Cracóvia.

Anna sempre havia sido o que os adultos chamavam de precoce, e esta era uma palavra, seu pai uma vez lhe explicara, com vários usos. Para alguns adultos, ela permitia um escape para o sábio discernimento de uma criança.

– Ah – eles diriam, perante uma observação de indesejada sabedoria infantil –, como ela é precoce! – E se afastariam.

Para outros, funcionava como um lembrete do cômodo significado da supremacia adulta.

– Ah – diriam, perante algum questionamento inconvenientemente justo à sua certeza de adultos –, como ela é precoce! – E se afastariam.

Anna tinha medo de fazer uma pergunta ao homem magro que agora não lhe saía da mente; era uma pergunta com o inegável toque daquelas que com grande frequência eram rotuladas como precoces, e arquivadas pelos adultos para mais tarde serem furtivamente eliminadas. Mas ela queria muito ouvir, na voz carregada de verdade deste homem magro, se seu pai a ensinara corretamente.

Sempre que ela ficava indignada com a desatenção para com seus pensamentos, ideias e perguntas por parte daqueles adultos que haviam envelhecido demais para enxergar além de sua precocidade, seu pai a tranquilizava, mexendo levemente o bigode e sorrindo.

– Eles é que estão errados, minha pequena Anna, não você. Os homens que tentam entender o mundo sem a ajuda das crianças são como homens que tentam fazer pão sem a ajuda de fermento.

Isto parecera muito verdadeiro.

Ela lutou ali, debaixo das árvores, decidindo, vezes e vezes seguidas, primeiro fazer sua pergunta precoce, e depois ficar calada, até que finalmente, com a mente já semi-adormecida, criou coragem.

– Desculpe-me – disse, em meio a um enorme bocejo –, sei que não é bom para uma menina ficar sem um pai nos dias de hoje. Mas por acaso é melhor para um pai ficar sem uma filha?

Por um longo momento, houve silêncio no arvoredo.

E então, ela ouviu o homem magro rindo, baixinho e sonoro, e incrivelmente radiante na noite escura.

Esta foi a segunda vez que Anna ouviu o Homem das Andorinhas rir.

Existem aquelas pessoas no mundo para quem o sono é uma indulgência, e aquelas para quem ele é um compromisso. Anna sempre foi deste segundo grupo. Na melhor das circunstâncias, tinha sono leve e acordava cedo. No frio de novembro, dormindo ao ar livre pela primeira vez, e cercada por todos os lados com o que parecia o congresso mundial de raízes de árvores inconvenientes, mal dormiu.

Mas dizer que ela mal dormiu apenas por causa das condições externas nas quais se achava não seria verdade.

Para ela, era muito difícil desviar sua atenção do homem magro, ainda que apenas por um instante. Em algum lugar, cutucando o fundo do seu cérebro, Anna tinha certeza de que se não ficasse vigiando constantemente aquele companheiro perderia milagres inteiros, maravilhas completas, coisas que ele deixava cair incidentalmente de si mesmo, da mesma maneira que outros homens poderiam deixar cair caspa.

Quando a manhã chegou, Anna havia feito uma análise cuidadosa do homem magro adormecido: seu nariz aquilino, a testa alta, os fios grisalhos na tapeçaria louca e espalhada do seu cabelo. Ele dormia com os braços cruzados, e a mão de dedos longos mais próxima a ela se enrodilhara quase que completamente ao redor do seu bíceps.

Havia algo nele que exigia explicação.

Anna fez o possível para não pensar no desenho do rei Amieiro, no final do seu volumoso livro de histórias.

Parecia não haver um momento em que o homem magro passasse pela transição do despertar. Primeiramente ele estava adormecido, os olhos fechados, e no momento imediatamente seguinte, precisamente na mesma posição, seus olhos estavam abertos e ele estava completamente alerta.

Foi com certo desapontamento que Anna pôs o paletó do homem magro de volta em sua mão estendida. Mesmo agora, com sol, o ar continuava frio, e ela teria gostado muito de um agasalho extra.

Como fizera na noite anterior, o homem magro tirou seu casaco agora, mas, em vez de vestir de volta o paletó, abriu o fecho no alto da sua maleta de médico, e, virando de costas para ela, começou a trocar de roupa.

Ao se virar de volta para Anna, estava quase que completamente irreconhecível. Uma camisa folgada e muito simples, sem cor, inflava-se em volta do seu peito estreito, e abaixo dela ele usava uma calça qualquer, com péssimo caimento, segura por um cinto de couro surrado.

Este homem não era o sofisticado poderoso da cidade. Era um camponês humilde e modesto. Até seu casaco parecia mudado – mais rústico, mais usado –, e se Anna não o tivesse visto tirá-lo, pousá-lo, e mais tarde pegá-lo de volta para vesti-lo, pensaria ser uma roupa completamente diferente.

– O senhor parece uma pessoa diferente – disse Anna.

– É – respondeu o homem magro. – Se alguma vez eu parecer demais comigo mesmo, você tem que me dizer.

Seu terno foi enrolado e colocado na mala, no vazio deixado por suas roupas grosseiras. Todas as coisas foram arrumadas, fechadas e guardadas. O homem magro pegou sua mala e saiu de sob o arvoredo. Anna foi atrás dele.

Levou pouco tempo para ela perceber que eles ainda estavam caminhando para longe da trilha de terra e da Cracóvia.

Agora, Anna enfrentava um dilema terrível. Nenhuma parte dela queria voltar para a cidade. Mais ainda do que na noite anterior, queria poder ficar com este homem. Tinha-o visto dormir. Tinha ouvido sua risada. Tinha até, de alguma maneira, passado a gostar dele. Ele havia lhe falado verdades que ninguém mais se atrevera. Ainda que elas doessem.

– O mundo da maneira que está é um lugar muito, muito perigoso – dissera, e não estava enganado.

Ela não queria voltar para a Cracóvia.

Mas ele havia lhe contado na noite anterior que este era seu plano. E agora, estava se afastando de lá. Não era certo fingir que não sabia.

– Hum, com licença? – ela disse, e com um choque se deu conta de que não tinha um nome pelo qual chamá-lo.

O homem magro estava vários passos à sua frente, agora, e, ao som da sua voz, parou, mas não se voltou para ela.

– Sim? – perguntou.

– Sinto muito – disse Anna. – O senhor disse que queria ir para a Cracóvia.

– E? – disse o homem alto.

Anna suspirou.

– Mas este não é o caminho para a Cracóvia.

Somente agora o homem alto se virou. Não estava sorrindo, mas algo no ar que ele exalava deu a Anna a sensação de que estivesse, e lhe deu vontade de sorrir também.

– Não – ele disse. – Não é, é?

Exatamente como havia feito na rua em frente a herr doktor Fuchsmann, o homem alto se agachou para olhá-la diretamente.

– Você quer voltar para a Cracóvia?

Ele nem mesmo acabara de pronunciar o nome da cidade, e Anna já estava sacudindo a cabeça: – Não.

Agora, algo próximo a um sorriso insinuou-se no rosto do homem alto: sua sobrancelha direita levantou-se ligeiramente e o canto direito da boca recolheu-se nela mesma. Os movimentos eram mínimos, umas mudanças ínfimas, e, no entanto, sozinhos, transformavam aquele rosto duro e comprido em uma coisa que resplandecia para ela.

– Não é bom para um pai ficar sem uma filha, hein?

Agora, Anna estava com medo de respirar, exatamente como tinha ficado antes, na rua estreita, temendo que a andorinha saísse voando. Os olhos do homem magro passaram rapidamente pelo seu rosto, uma primeira vez, depois uma segunda.

E então, numa precipitação de roupas folgadas, ele se ergueu e recomeçou a andar. Anna correu para alcançá-lo. Queria perguntar o que estava acontecendo, o que ele pretendia com tudo aquilo, mas, antes que encontrasse as palavras, ele falou, e qualquer que fosse a alegria que ela houvesse visto em seu rosto por um breve instante, já não estava presente em sua voz.

– Você precisa me prometer duas coisas – disse.

– Tudo bem – concordou Anna.

– A primeira – disse o homem alto – é que você precisa fazer sempre o que fez no pasto ontem à noite. Promete?

Anna não sabia o que aquilo significava, mas se sentiu tão próxima de escapar do vazio da Cracóvia que teria prometido qualquer coisa que o homem magro lhe pedisse.

– Prometo – disse.

– Ótimo – disse o homem alto. – A segunda promessa que você precisa me fazer é que me fará qualquer pergunta que queira, sem exceção, mas nunca até que nós dois estejamos sozinhos. Promete?

As sobrancelhas de Anna se juntaram.

– Bom – ela disse –, prometo. Mas, para prometer, tenho que fazer uma pergunta.

O homem magro virou a cabeça: – Sim?

– O que o senhor quis dizer com "fazer sempre o que fez no pasto ontem à noite"?

O homem magro franziu o cenho e então disse:

– O rio Wisla passa pela Cracóvia, não passa? Você entende de rios?

Anna confirmou com um gesto de cabeça.

– Um rio segue por onde segue sua margem. Ele nunca precisa perguntar qual é o caminho, apenas flui por ele, certo?

Anna confirmou com a cabeça novamente.

– Exatamente assim – disse o homem magro. – O que eu quis dizer, então, é que eu serei a margem do rio, e você será o rio. Em tudo. Dá para me prometer isto?

Anna confirmou com a cabeça uma terceira vez.

– Dá – ela disse.

– Muito bem – disse o homem alto. – Então você vem comigo.

O coração de Anna encheu-se de felicidade.

– E um dia – disse o homem alto –, quando você for muito, muito mais velha, deve me perguntar o que é erosão.

Existe uma espécie de orgulho irrefreável e fascinante que se sente ao recuperar algo que se pensa ter perdido para sempre. Várias vezes naquela manhã, Anna olhava para o rosto anguloso do homem alto e sorria consigo mesma.

Quem seria este milagre alto?

Apesar do medo que ela havia sentido, ele não era como o malvado rei Amieiro. Não mesmo. Anna nunca lera a história até o fim, mas havia aberto sua primeira página no grande livro inúmeras vezes, e lá, sob o título da história, havia uma ilustração dele, alto, escuro e magro, apontando o longo dedo para fora, através do mundo sem fim da página. Amava ver aquele desenho. Olhar para o rei, magro e imóvel, ali em sua escura tinta preta, lhe dava um medinho delicioso e seguro.

O homem magro a fazia sentir do mesmo jeito, como se qualquer perigo que houvesse nele – mais do que um pouco – de algum modo pertencesse a ela. Como se fosse, sob um pequeno aspecto, culpa sua.

Não, o homem magro não era como o rei Amieiro, embora não lhe faltassem semelhanças. Mas teria sido um erro entendê-lo apenas daquela maneira. Ele era bom demais, sorria, ria e invocava andorinhas.

Na verdade, havia outro personagem no grande livro de histórias de Anna que o homem alto lhe trazia ao pensamento tanto quanto o rei Amieiro. Eles não eram tão parecidos, mas o segundo homem também tinha sido um rei, há muito tempo, e um homem bom e sábio. Este rei também tinha algo de amedrontador. Ele quis cortar um bebê ao meio, mas apenas como um truque – e um truque muito inteligente também, pensou Anna – para ajudar a devolver a criança a sua mãe. Foi esperto e inteligente, e o melhor, o grande livro de histórias havia lhe contado que Deus lhe concedeu a milagrosa habilidade de conversar com os pássaros.

Seu nome era rei Salomão.

– Ah – disse Anna exultante, sob o sol forte do meio-dia. – O senhor é Salomão.

O homem alto parou.

– O que foi que você disse?

Ele não parecia satisfeito, e subitamente era muito mais o rei Amieiro do que o rei Salomão.

– O senhor é Salomão – Anna repetiu.

Ele sacudiu a cabeça.

– Não – disse. – Não sou. Esse nome não é seguro. Nenhum nome é.

Isto introduziu um medo persistente e inquieto na parte de trás da cabeça de Anna. Ela tinha um nome. Na verdade, tinha muitos.

– Os nomes são maneiras de as pessoas nos encontrarem – disse o homem alto. – Se você mantiver um nome, as pessoas sabem por quem procurar. E se as pessoas souberem por quem procurar, podem descobrir onde você esteve, o que as aproxima um passo a mais para encontrá-la. Não queremos ser encontrados.

– Não?

O homem magro sacudiu a cabeça: – Não.

Isto era desconcertante. Num lugar muito profundo, um espaço escondido bem dentro dela, Anna levava, lado a lado, duas certezas parelhas: que queria muito que seu pai viesse encontrá-la, e que ele não viria.

— Por que não queremos ser encontrados?

O homem alto suspirou.

— Seu pai era um homem bom?

— O melhor homem de todos.

— Você acha que ele a teria deixado completamente sozinha de propósito?

— Não.

Mas, pensou Anna, ele *não a tinha* deixado completamente sozinha. Ele a tinha deixado com herr doktor Fuchsmann, e ele *a tinha* deixado completamente sozinha.

— E você não acha que ele teria vindo buscá-la, se pudesse?

— Claro.

— Bom — disse o homem magro. — Gostaria de saber por que ele não veio?

Esta não era uma pergunta fácil de responder, mas depois de certa hesitação, Anna assentiu. Queria saber quase tudo, se pudesse aguentar.

— Seu pai não voltou para pegar você — disse o homem alto — porque alguém o encontrou.

Ele virou-se novamente e começou a andar.

Anna experimentou uma sensação profunda, doentia, vertiginosa, em algum lugar em sua porção mais recôndita, um lugar no âmago das suas entranhas. De uma hora para outra, não havia restado um espaço escondido dentro dela, nenhum espaço para suas certezas secretas, não havia nem mesmo um vazio oco onde antes houvera. Simplesmente sumira. E todas as suas certezas com ele.

Seu pai havia sido encontrado.

Esta foi a primeira lição do Homem das Andorinhas:

Ser encontrado é sumir para sempre.

Caminharam em silêncio por longos minutos, antes que Anna falasse:

– Mas... – ela disse. – Mas e quando eu tiver que chamá-lo? – ela acrescentou. – Que nome – rapidamente ela se corrigiu –, que palavra devo usar?

O homem alto pensou por um momento sem quebrar o ritmo das suas passadas.

– Vou chamá-la de Querida – ele disse –, e você me chama de Papai.

Anna não tinha objeção a ser chamada de Querida.

– Mas você não é meu pai.

– Não – disse o homem alto. – Mas a margem do rio não é o pai do rio?

Anna considerou esta noção em silêncio, e, acima e ao lado dela, o homem magro remoeu um problema todo seu.

Abruptamente, ele parou de andar e se virou. Apenas as coisas mais importantes pareciam fazê-lo parar de andar, e isto logo se tornaria outra lição:

Uma pessoa não pode ser encontrada desde que se mantenha em movimento.

– Ouça – disse o homem alto. – Gostaria de lhe pedir um favor.

Anna concordou com a cabeça.

– Você me daria seu nome?

– Anna.

– Não – ele disse, agachando-se. – Entregue-o para mim.

Isto era confuso e um pouco preocupante. Mesmo que ela quisesse dar o seu nome, não tinha ideia de como isso poderia ser feito.

– Não entendo. Como?

– Bom – disse o homem alto –, e se decidirmos que os seus sapatos são meus? Eu ainda deixaria você usá-los e caminhar com eles, mas eles me pertenceriam.

– Certo – disse Anna.

– Seu nome é exatamente como os seus sapatos – disse o homem alto. – Você não precisa se livrar de uma coisa para dá-la a outra pessoa.

– Certo.

– Então – disse o homem magro –, você vai me dar seu nome? Você continua com ele, mas quando alguém o chamar, ou perguntar para você como se chama, você precisa se lembrar: Anna não é o seu nome.

O homem magro falava com muita delicadeza e de um jeito muito lindo, como água se movendo numa superfície vítrea, e Anna queria muito concordar com quaisquer palavras que flutuassem de sua respiração até ela. Mas seu nome lhe pertencia, talvez fosse a única coisa que ela realmente possuía, e a ideia de dá-lo deixou seu peito apertado.

– Mas isso não é justo – disse.

– Por que não?

– É *meu*. *Gosto* dele.

O homem alto franziu o cenho e assentiu.

– E se eu lhe der alguma coisa em troca?

– Como o quê?

– Bom, o que lhe parece justo?

Anna não sabia qual deveria ser o preço de um nome. Só sabia que não queria dar o dela. Gostava de "Anna", e gostava das pessoas que o haviam usado para chamá-la. Além disso, não havia nenhum nome, nada com que o homem alto gostasse de ser chamado, que ela pudesse tirar dele. Ele não *tinha* nome.

– Que nome posso tirar do senhor? – ela perguntou.

O homem magro sorriu um sorriso magro, que não a tranquilizou.

– Não se pode tirar o nome de um homem sem nome.

Para Anna, isto se parecia imensamente com algo que o rei Amieiro poderia dizer. Subitamente, ela desejou que ele não tivesse ficado tão zangado quando ela o chamou de Salomão. Queria que ele fosse como Salomão.

– Deixe-me chamá-lo de Salomão, e eu lhe dou meu nome.

O homem magro sacudiu a cabeça sem hesitação.

– Não posso ter um nome, principalmente este.

Anna não era uma criança temperamental, mas isso lhe pareceu injusto. Abriu a boca para protestar, mas, com uma centelha no seu olho arguto, o homem magro a impediu.

– Mas – disse – que tal algo muito semelhante? Que tal... – E aqui ele pipilou e gorjeou por entre os lábios. – Que tal o Homem das Andorinhas?

Anna não pôde deixar de sorrir.

– É! – disse.

– Mas apenas quando estivermos sozinhos. E quando estivermos sozinhos, deixo você pegar "Anna" de volta, emprestado.

– Está bem.

– Ótimo. Agora, Anna e seu pai, e sua casa na Cracóvia, e todo o resto? Nada disso é seu mais.

Isto era muito triste.

– Tudo bem – disse o homem alto. – Prometo que vou deixar bem guardada para você, e você pode ficar com ela no escuro, quando estivermos sozinhos.

Isto fez Anna ter vontade de chorar. Que serventia tinha um nome no escuro? Mas não havia muita coisa que escapasse ao Homem das Andorinhas, particularmente as coisas muito próximas a ele.

– Um dia você pode comprar seu nome de volta de mim. Prometo.

Anna estava temerariamente próxima de perguntar quando, mas o Homem das Andorinhas rapidamente voltou a caminhar e continuou:

– Mas agora que você não tem nome, pode usar o nome que quiser. Até mais do que um.

Isto fez total sentido para Anna, e quanto mais ela pensava a respeito, mais sua compreensão se expandia. Um nome era como uma língua. Se ela não tivesse o seu próprio, se "Anna" não estivesse amarrado a ela, poderia usar qualquer um que quisesse. Poderia ser o que quisesse.

– E você é o pai de todos os meus novos nomes, não é?

O Homem das Andorinhas sorriu.

– Sim, sou.

Ele estendeu a mão, como um homem faria para selar uma transação bem-feita.

Mas Anna não era um homem, e, portanto, fez o que qualquer garotinha faz quando seu pai estende a mão. Ela a segurou.

Uma lição de zoologia

Em 1939, os alemães avançaram do oeste, e os soviéticos cercaram do leste, dividindo entre eles a carcaça da Polônia. Em torno dessas duas bestas imperiais, em direção a elas, atrás e no meio delas, Anna e o Homem das Andorinhas fizeram do caminhar a sua tarefa.

A primeira missão foi procurar para Anna um conjunto de roupas rurais. O lindo vestido vermelho e branco com o qual ela saíra da Cracóvia era uma analogia decente para o terno de três peças do Homem das Andorinhas, em se tratando de roupas citadinas – belas o bastante a ponto de poder provocar uma admiração passiva –, mas no campo isto não era vantagem.

A próxima lição do Homem das Andorinhas:

Sempre que as pessoas se juntam, deve-se aparecer perante elas como elas mesmas gostariam de aparecer. Nas cidades, isto significa parecer naturalmente próspero. No campo, significa parecer que não veio da cidade.

Roupas à parte, este princípio fazia altas exigências para as pessoas que pretendiam viver a vida se locomovendo. A prosperidade permite não apenas o acúmulo de grande número de pertences, mas também a discreta acomodação em apartamentos amplos, grandiosos, acima do andar térreo. Que espécie de cidadão carrega uma grande quantidade seja do que for consigo? E no campo, não havia maneira mais evidente para indicar que você vinha de outro lugar do que carregar malas pesadas.

Era esta a razão da maleta de médico do Homem das Andorinhas. Não era tão grande que atingisse a esfera da notabilidade, mas, arrumada com cuidado, ele podia se suprir decentemente do que pudesse pôr lá dentro. Arrumava a mala com extrema deliberação, não apenas para maximizar o espaço interno, mas também para evitar qualquer indicação externa de que pudesse estar quase cheia. Assim, evitava a atenção tanto dos curiosos, como dos inescrupulosos.

Dentro da mala havia os seguintes itens:

Os dois conjuntos de roupas que eles não estavam usando no momento. Estas, o Homem das Andorinhas enrolou juntas, tão apertado que os nós dos seus dedos ficaram brancos com o esforço, e Anna, às vezes, se perguntava como as peças poderiam um dia se separar novamente, quando eles precisassem delas.

Um passaporte alemão e um polonês, nenhum deles exibindo uma fotografia minimamente parecida com o Homem das Andorinhas. Estavam embalados em posições precisamente simétricas, um em frente ao outro, junto às laterais direita e esquerda da mala. Em suas viagens à extremidade leste soviética da Polônia, quando tivesse chance de roubar um passaporte soviético do corpo de uma velha e exausta babushka à margem da estrada, ele o embalaria na lateral traseira da mala, de modo que suas coisas ficassem flanqueadas por todos os lados, menos na frente, por identidades roubadas.

Um espelhinho de mão, retangular, usado, sobretudo, para ajudar o Homem das Andorinhas a se barbear, coisa que ele fazia em dias espaçados, usando seu canivete, geralmente antes do amanhecer. Nunca parecia agradável. Mas uma das muitas estratégias do Homem das Andorinhas era jamais entrar na cidade com o rosto recém-barbeado, para evitar a impressão de que sua aparência era mantida com grande esforço. De igual maneira, no entanto, nunca permitia que sua barba incipiente evoluísse para uma barba cerrada; as barbas tinham um imenso significado político naqueles dias.

Um pequeno frasco de vidro com cigarros variados; o Homem das Andorinhas detestava o cheiro de tabaco, e, quando não era obrigado a apresentar uma fachada para alguém em particular, esforçava-se ao máximo para evitar sua fumaça. Mas conforme a guerra foi avançando, os cigarros passaram a valer cada vez mais; podiam ser dados como demonstração de boa vontade, ou trocados por outras necessidades, e, se ele considerasse que valia a pena, seu consumo descontraído poderia ser exibido como sinal de poder ou riqueza.

Também nesse frasco havia uma caixinha de fósforos que o Homem das Andorinhas valorizava ainda mais do que outros cigarros valiosos, e quando chegava a hora de usar um deles, manuseava-o com reverência e cuidado, como se cada um fosse uma relíquia sagrada, ou um ser vivo.

Uma caneca de lata; há uma abundância de água fresca na Polônia, e uma caneca para apanhá-la era tudo que Anna e o Homem das Andorinhas precisavam para não ficar com sede.

Uma pequena pedra de amolar; esta, o Homem das Andorinhas usava para afiar seu canivete todas as noites, antes de dormir. Se dava dois golpes simples, ou fazia um trabalho completo, dependia do quanto fora usado no dia anterior.

Um relógio de bolso de cobre polido. Na primeira vez que Anna viu aquilo, levou-o, ansiosa, até o ouvido. No apartamento dos Lania, na Cracóvia, havia um enorme relógio pedestal antigo, e uma das coisas de que ela mais sentia falta em sua casa era o som do seu funcionamento confiável e manco, o *tic*, apenas um toque mais comprido do que o *tac*. No entanto, ficou desapontada ao ver que o relógio estava quebrado, e não fazia som algum. Quando, em raríssimas ocasiões, Anna e o Homem das Andorinhas eram obrigados a dormir entre outras pessoas, em vez de amolar seu canivete (que ele preferia manter escondido dos outros, a não ser que seu uso fosse imprescindível), o Homem das Andorinhas dava corda, inutilmente, no relógio quebrado de cobre.

E uma caneta-tinteiro pesada num pequeno estojo de madeira. As iniciais *DWR* estavam pintadas na tampa, num vermelho desbotado. Esta caneta permanecia em seu estojo, e o estojo na mala, quase sempre.

Fora da mala, o Homem das Andorinhas carregava estes itens:

O amplo guarda-chuva preto. Ele era muito útil, não apenas na chuva, mas também nos meses nevosos, que eram muitos. Mais de uma vez, o Homem das Andorinhas, fora da Polônia, fez uma pequena incisão – com os dedos, quando a terra estava suficientemente macia, com o canivete, quando não estava – e enfiou ali o guarda-chuva, para proteger Anna e a si mesmo da neve, enquanto dormiam. Frequentemente, acordavam enrodilhados debaixo de um guarda-chuva gemendo sob o peso da neve, mas ele nunca deixou de se manter em pé. Este guarda-chuva era a única concessão constante do Homem das Andorinhas ao conforto. Todo ano, quando a temperatura começava a ficar realmente gelada, é claro, por necessidade, eles adquiriam, frequentemente por meio de um furto, ou por outros meios escusos, casacões, chapéus e, caso encontrassem, luvas adequadas (as mãos finas do Homem das Andorinhas e seus dedos longos quase nunca cabiam em um par). Mesmo assim, quando o calor voltava, seus preciosos confortos de inverno eram simplesmente abandonados em uma pilha no chão. Não eram fáceis de transportar quando não estavam sendo usados – principalmente os casacos –, e roupas de inverno nos meses de verão eram um sinal evidente da falta de teto. Fosse uma pessoa realmente nômade, ou não, sua demonstração era tida como uma característica não confiável, e nada era mais maldito para o Homem das Andorinhas do que a falta de confiança.

Seu canivete.

Seus óculos redondos, de aros dourados, em um estojo de couro macio castanho. Destes, o Homem das Andorinhas precisava demais, para enxergar a qualquer distância, mas se recusava categoricamente a usá-los fora de um ambiente urbano.

– Eles me fazem parecer inteligente demais – disse. – Uma pessoa não deve sair por aí parecendo inteligente.

Frequentemente, no campo, ele os pegava para observar a terra à frente, ou examinar alguma pessoa desconhecida a distância, mas eles nunca ficavam fora por muito tempo.

Um frasco de vidro marrom que não continha bebida, mas sim uma infinidade de minúsculas pílulas brancas. No começo, o Homem das Andorinhas tentou evitar que Anna visse esses comprimidos, ou seu uso, mas os tirava meticulosamente, três vezes por dia, e acabou ficando impossível manter esta prática escondida. Anna estava familiarizada com pílulas. Em sua mente, eram sinal de problemas, mais do que proteção contra eles, mas nunca perguntou sobre elas. A esta altura, sabia a diferença entre os segredos que eles compartilhavam e aqueles que o Homem das Andorinhas mantinha ocultos. Se, para começo de conversa, ele não tinha querido que ela visse, que bem poderia resultar de uma pergunta? Além disso, o Homem das Andorinhas tinha um grande vidro de comprimidos em sua mala, como reserva de emergência, cujo segredo ele nunca revelou. Por duas vezes, eles tiveram que voltar a uma cidade de tamanho considerável para buscar mais.

E dinheiro, se é que houvesse, porque quase sempre não havia. Mesmo quando surgia uma oportunidade para conseguir algum, eles frequentemente a deixavam para trás. O dinheiro tem um efeito peculiar em pessoas que, em outras circunstâncias, seriam generosas e solidárias, e tem a tendência a deixá-las avarentas. Até o mais gentil fazendeiro, que tinha plena intenção de permitir que este estranho alto dividisse uma quantidade insignificante de lenha em troca de dois pequenos pães de forma; até o mascate que ia jogar seu resto de queijo aos cachorros para não ter que carregá-lo; até a vendedora, de volta para casa, que ficou com dó do homem e de sua filha, ansiosa por lhes dar uma das galinhas que não tinha conseguido vender naquele dia, quando eles se separaram; nenhum deles teria sido tão solidário se a visão, o cheiro, até a ideia de dinheiro tivessem entrado na transação. O dinheiro divide as pessoas em compradores e vendedores. O Homem das Andorinhas queria conhecer uma pessoa apenas se pudesse fazer dela um colega ou um amigo pela breve duração do seu encontro, e para compradores e vendedores é muito difícil se tornarem amigos. As inconveniências do dinheiro ultrapassam em muito suas vantagens.

E todas essas coisas eram transportadas enquanto se mantinha cuidadosamente a impressão de que Anna e o Homem das Andorinhas haviam displicentemente saído porta afora não mais do que apenas uma ou duas horas antes.

Em sua maioria, cada um desses objetos individuais era um companheiro constante, mas vestir uma menina em fase de crescimento é, na melhor das hipóteses, uma espécie de missão, e na estrada era terrivelmente problemático. Com muito mais frequência do que o Homem das Andorinhas teria gostado, um vestido tinha que ser trocado pelo próximo.

No começo, o vestido vermelho e branco funcionou bem como roupa de cidade; de qualquer modo, em geral, as cidades eram evitadas, e ele passava a maior parte do tempo bem enrolado entre o colete e o paletó do terno do Homem das Andorinhas. E desde que a pessoa não fosse escrupulosamente honesta, nunca era um feito tão extraordinário encontrar um vestido simples e discreto para a vastidão do mato, com sobra suficiente para se crescer dentro dele.

Claro, quando chegou a hora de visitar uma cidade, e o vestido vermelho e branco mais uma vez saiu da maleta de médico, tinha ficado irremediavelmente pequeno para Anna, e, relutante, o Homem das Andorinhas deixou-a nos limites de Gdańsk por uma hora, para procurar algo novo.

O Homem das Andorinhas parecia bem ambivalente em relação à segurança de Anna, particularmente no que dizia respeito às cidades. No início, ele a mantinha sob atenção constante, tomando cuidado, tanto na estrada quanto fora dela, no campo ou fora da cidade, para mantê-la sob suas vistas. Mas conforme o tempo foi passando, e ela passou a entender as lições e os princípios pelos quais eles levavam a vida, seu cuidado começou a afrouxar, e ele pareceu, na falta de uma frase melhor, começar a confiar muito mais nela quando ficava sozinha.

Claro que isso não durou. O mundo estava se fechando ao redor deles como um punho, apertando-se mais e mais a cada semana, e Anna foi ficando mais velha, mais alta, seu corpo começou a mudar, e passou a ser cada vez mais difícil responder simplesmente à pergunta se seria mais seguro entrar com ela na cidade ou deixá-la do lado de fora.

– Por que você tem que crescer? – o Homem das Andorinhas perguntou certa vez. – Realmente. É muito inconveniente.

Anna não sabia ao certo se ele estava brincando ou não, mas esta era uma incerteza com a qual lidava frequentemente.

Seu pai, por outro lado, sempre fora brincalhão, embora do tipo sensato; abria um largo sorriso sob o bigode, ou ria ao festejar uma de suas próprias brincadeiras. O máximo que Anna podia esperar do Homem das Andorinhas era um minúsculo e disfarçado fragmento de um sorriso.

Ele jamais sorria, no entanto, quando Anna reclamava que seus sapatos estavam ficando pequenos demais. Para o Homem das Andorinhas, os sapatos eram um tormento específico e grave.

O Homem das Andorinhas tinha botas resistentes de madeira e couro, que mantinham seus pés quentes, secos e fortes o ano todo, e, quando ele precisava aparecer na cidade, podia passar facilmente meio dia lustrando-as e ninguém perceberia. Seu bom salto maciço de madeira começava a ficar gasto e redondo com a constante aspereza da estrada, mas parecia que apenas Anna notava isso.

Ela, no entanto, estava usando um par de sapatinhos vermelhos lustrosos no dia em que o Homem das Andorinhas levou-a embora da Cracóvia – a peça menos apropriada possível para qualquer tipo de viagem séria –, e naquela época o inverno aproximara-se rapidamente. Várias semanas depois, o Homem das Andorinhas conseguiu encontrar um bom par de botas em um vilarejo, mas, para começo de conversa, ficaram um pouco pequenas para ela, e no final da estação apertavam seus pés intoleravelmente. Ela mal conseguia calçá-las novamente quando precisava tirá-las, e, por mais que eles tivessem passado por vários pares, este problema nunca pareceu ter sido resolvido.

– Por que você tem que crescer? – o Homem das Andorinhas perguntou.

A frustração com os sapatos da garotinha resultou num grande número de rugas no rosto anguloso do Homem das Andorinhas, como se o aspecto do velho couro gasto de cada par sucessivo fosse contagioso e deixasse sua marca perdurar nele muito tempo depois de os sapatos terem sido descartados. Isto, Anna não tinha dificuldade em ver.

Mas Anna via essa frustração da maneira que o tronco ascendente de uma árvore vê sua folhagem; deduzia, corretamente, ser uma derivação de si própria, mas nunca via o sistema de raízes sólido, denso, monolítico, a partir do qual ela mesma crescia.

O que Anna não sabia era o seguinte:

Outra companhia constante viajava com eles juntamente com a faca, o relógio, os óculos e as pílulas. O Homem das Andorinhas mantinha-a embrulhada numa pequena trouxa de algodão branco limpo, a salvo na maleta de médico: um sapatinho de bebê de contas, rígido, feito a mão.

Anna não sabia disso, porque o Homem das Andorinhas quase nunca o tirava da maleta depois que eles começaram a viajar juntos, e quando o fazia, era apenas depois de ela adormecer. Mesmo assim, ele sempre se preocupava que as minúsculas contas rosa, brancas e douradas caíssem a cada passo abrupto de seu constante movimento pelo mundo, embora, na verdade, fosse geralmente o desembrulhar da peça para verificar os danos que as acabava soltando.

Logicamente, o que Anna *sabia* não estava errado: o problema bastante real, bastante prático e frequente da inadequação dos seus sapatos provocava no Homem das Andorinhas uma frustração muito real e muito prática, mas o que ela não sabia *não* era menos verdadeiro: o Homem das Andorinhas sofria porque não conseguia pensar em sapatos de menininhas sem pensar em sapatos de menininhas.

Esta era a soma total de todas as coisas que ele escolhera levar com ele, motivado pelo desejo. No entanto, havia outra coisa secreta que Anna e o Homem das Andorinhas levavam com eles, por necessidade: bem no fundo da mala do Homem das Andorinhas, onde as mãos alcançavam apenas propositalmente, havia um revólver especial de sete tiros e uma pequena caixa de papelão de cartuchos.

O Homem das Andorinhas era meticuloso na observação de sua estratégia para viver no lugar estranho e ameaçador que o mundo havia se tornado nesses anos. Tinha muitas lições a ensinar a Anna, e com o tempo essas lições começaram a descrever o contorno dos vários princípios de conduta que determinavam sua estratégia.

O primeiro, e provavelmente mais significativo desses princípios, era este:

As pessoas são perigosas. E quanto mais pessoas houver em um lugar, mais perigoso ele se torna. Isto se aplicava a construções, estradas, cidades grandes e pequenas. Era particularmente verdadeiro com relação a acampamentos e fábricas, que pareciam estar surgindo em todos os lugares desabitados, e o Homem das Andorinhas mantinha uma grande distância de suas chaminés, sempre que as via no horizonte.

O segundo princípio que guiava o Homem das Andorinhas era este:

Os seres humanos são a melhor esperança do mundo para a sobrevivência de outros seres humanos. E quando o número de seres humanos, além de si mesmo, num determinado lugar, numa determinada época, aproxima-se de um, a esperança de ajuda cresce exponencialmente.

Claro que o Homem das Andorinhas selecionava as primeiras impressões dessas novas pessoas com cuidado. Nunca era o primeiro a falar com estranhos, preferindo deixar que lhe revelassem sua língua e sotaque, e, depois de o terem feito, era rara a ocasião em que não os igualava fielmente. Isto era muito propício a deixá-los à vontade.

Acima de tudo, era escrupuloso. Acima de tudo, não pegava o que não lhe era oferecido, e, quando o fazia, tendia a ser dos desagradáveis ou hostis. Mas Anna aprendeu, em sua companhia, a ficar alerta com a agilidade dos dedos longos.

Ele não preferia tomar, no entanto; preferia falar e ouvir.

O Homem das Andorinhas era um conversador habilidoso, descobrindo e assumindo o papel mais adequado à personalidade de cada novo conhecido, fosse quem fosse. Com alguns, apenas concordava ligeiramente com a cabeça, falando quase nada, enquanto que com outros consideraria em silêncio o que interessava a seu novo conhecido dizer, e, num momento preciso, fazia uma pergunta simples que transformava um indivíduo, em outras circunstâncias taciturno, em um turbilhão de conversa entusiasmada. Com outros ainda, Anna observava-o falar longamente, contando histórias incrivelmente detalhadas do seu passado, sem que duas delas jamais fossem as mesmas, ou até particularmente consistentes.

Era dessas que ela mais gostava.

Às vezes, as conversas do Homem das Andorinhas iam pelo dia afora, e outras vezes não duravam mais do que meia hora. Independentemente do tempo que passava com seus desconhecidos, no entanto, Anna descobriu que, com muita frequência, o que quer que o Homem das Andorinhas estivesse querendo, lhe era oferecido sem que precisasse pedir.

Outra lição:

Pedir algo a um desconhecido é a maneira mais fácil de garantir que ele não lhe dará o que foi pedido. É muito melhor se mostrar como um amigo com uma necessidade.

A princípio, não era permitido a Anna falar durante esses encontros. O Homem das Andorinhas geralmente referia-se a ela de modo evasivo, às vezes até diretamente, lhe fazendo perguntas, mas cada uma delas era calculada para parecer que poderia ter uma resposta, embora a própria Anna soubesse que não tinha. Ela conhecia a regra: ele era a margem do rio. Ela permaneceria em silêncio, e o Homem das Andorinhas daria de ombros e suspiraria. – Hoje ela está um pouco retraída.

Isto servia perfeitamente a Anna, até um dia em que o Homem das Andorinhas disse a um motorista de caminhão que a mãe dela a deixara com ele e fugira.

– Pobrezinha – disse o motorista de caminhão, franzindo o cenho, mas Anna não acreditou. Sua mãe não a abandonara. Nunca teria feito tal coisa, e ela ficou chocada que o Homem das Andorinhas tivesse dito aquilo.

– Não! – disse Anna, ressentida

No momento, aquilo não pareceu nenhuma grande transgressão.

O Homem das Andorinhas sorriu e sacudiu a cabeça para o motorista de caminhão, dizendo algo como:

– Não, claro que não, Querida. O Papai só estava brincando.

Mas assim que o caminhão sumiu no horizonte, o Homem das Andorinhas se transformou. Seus olhos ficaram escuros e frios.

– Por que você fez isso?

Ele estava tão magoado quanto bravo, mas Anna explicou que sua mãe tinha sido amorosa e boa e que jamais a teria abandonado, e, se o rosto do Homem das Andorinhas não chegou a precisamente se suavizar, a pequena luz calorosa se reavivou ao longe, bem no fundo dos seus olhos.

– Mas, Querida – disse o Homem das Andorinhas. – Você não se lembra? Você está falando da mãe de *Anna*.

Ela havia se esquecido, e o constrangimento deste descuido apenas inflou sua perturbação.

– Bom, Querida tem mães demais e não conheço nenhuma delas, não posso distinguir umas das outras. Sempre que você diz "mamãe", penso na mãe de Anna, e *não é verdade, eu sou Anna*.

O Homem das Andorinhas sentou-se devagar na lateral empoeirada da estrada, em frente a ela. Mesmo assim, ela precisou erguer o pescoço para olhar para cima e ver o seu rosto.

– Posso lhe dizer uma coisa? – perguntou. Quase sempre, falava com suavidade, mas agora sua voz estava suave e gentil. – Sinto falta de todos os nossos amigos. Lembro-me de cada um deles, todas essas pessoas que conhecemos na estrada, ou com quem conversamos em frente à lareira de um chalé. Sinto de verdade. Às vezes, penso em um deles antes de cair no sono, ou me lembro de um deles enquanto caminhamos, alguém em quem não tenho pensado por um bom tempo, e isso me deixa triste, imaginando se ainda estariam bem. Sabe por quê?

Anna franziu o cenho. – Por quê?

– Porque é real. Tudo. Só porque lhes digo nomes que não são o meu próprio nome, e conto a eles coisas que não aconteceram, isso não significa que seja falso. Mesmo assim ficamos amigos. Eu ainda me preocupo com eles.

– Mas você está *mentindo*. As mentiras são *ruins*. Todo mundo diz isso.

O Homem das Andorinhas recostou-se para trás.

– Como se diz passarinho em francês?

– *Oiseau*.

– Em alemão?

– *Vogel*.

– E em russo?

– *Птица*.

– Você mentiu em qualquer um deles?

– Não, juro! É assim que se diz!

– Sei que é. O fato é que estou tentando lhe ensinar uma língua completamente nova. A minha língua: Estrada. E em

Estrada existe mais de uma maneira de dizer tudo. É muito capcioso. Em Estrada, se você disser: "Minha mãe me deixou com Sergei Grigorovich e fugiu", você pode muito bem estar dizendo: "Minha mãe se foi e agora viajo com meu Homem das Andorinhas." Também pode estar dizendo: "Não me lembro da minha mãe, e fico triste ao pensar nela." É muito simples traduzir uma coisa para Estrada, mas é muito difícil traduzir qualquer coisa de volta.

Anna queria que isso não fizesse sentido, mas, por mais que tentasse, não conseguiu deixar de ver sua lógica.

– Falar Estrada é diferente de mentir?

– As duas coisas não poderiam *ser* mais diferentes. Em Estrada, não tem como mentir.

Isso também tinha sua própria lógica.

– Homem das Andorinhas é em Estrada, não é?

O Homem das Andorinhas confirmou com a cabeça.

– Tem mais alguma coisa que você me disse em Estrada?

– Não.

O Homem das Andorinhas levantou-se e recomeçou a andar. Anna foi atrás dele. A enchente que havia transbordado na margem redemoinhava silenciosamente em seu peito agora, presa num laguinho perfeitamente redondo, criado pelo Homem das Andorinhas.

Anna estava relativamente certa de que ele dizia a verdade, mas, ainda assim, não pôde deixar de especular o que "não" poderia significar em Estrada.

Anna era muito precoce.

* * *

Anna e o Homem das Andorinhas não tiveram muitos problemas com as pessoas que encontravam. Isso se devia em grande parte, é claro, ao fato de que quase sempre só encontravam pessoas que queriam encontrar – amigos novos para o vasto catálogo do Homem das Andorinhas. Em raras ocasiões encontravam, por acaso, alguém inamistoso, mas essas pessoas eram geralmente desconfiadas, ou estavam sobrecarregadas, e só queriam ficar sozinhas. Uma vez que fossem furtivamente aliviadas do que quer que o Homem das Andorinhas precisasse, ficavam facilmente agradecidas.

No entanto, havia outra categoria de pessoas que não se enquadrava no sistema de compreensão do Homem das Andorinhas: os soldados sempre eram duvidosos nas chances de sobrevivência de uma pessoa.

Com o passar do tempo, Anna começou a ver mais e mais soldados, não apenas nos cruzamentos de estradas, nos postos de controle das fronteiras e nas entradas das cidades, mas caminhando pelos campos, ou dormindo em florestas.

A certa altura, ficou difícil conhecer novos amigos, por causa de todos os soldados em meio a eles.

O Homem das Andorinhas explicou-os da seguinte maneira:

– Eles parecem rapazes, não é? Mas não são. Os que vêm do oeste são Lobos. E os que vêm do leste são Ursos. Eles se disfarçam de rapazes porque assim fica mais fácil viajar pelos lugares humanos, como estradas e cidades. Dá para você imaginar como pareceria ridículo um lobo tentando dirigir um automóvel?

"Os Lobos e os Ursos não gostam nem um pouco dos seres humanos, e se puderem encontrar um motivo para machucar você, machucarão. Estão aqui porque querem que o mundo fique cheio de animais como eles. Estão abrindo o máximo de espaço possível, e fazem isso se livrando de pessoas, e a qualquer momento essa pessoa pode ser você.

"Claro, há uma maneira de contornar isso: se você puder fazer um deles especular se, como ele, você não é uma pessoa, mas um Lobo ou Urso disfarçado, é provável que ele a deixe passar em segurança. Esta é uma técnica muito útil, mas é mais fácil de ser realizada com Ursos do que com Lobos. Vou lhe dizer por quê.

"Os Lobos se definem pelo que são. Formam um bando, onde só são aceitos outros Lobos como eles. Eles decidem quem são, olhando em torno e verificando que tipos há em seu bando. Se houver Lobos grandes no bando, dizem consigo mesmo: – Tenho que ser grande! – Se o bando for formado por Lobos roxos, um Lobo certamente decidirá, não obstante a cor do seu próprio pelo, que ele também é roxo. Um dia, espera-se, os membros do bando podem começar a ver Lobos bons e gentis à sua volta, mas por enquanto os Lobos pertencem a um bando particularmente cruel e feroz. Mas aí é que está a ilusão do Lobo: ele se confunde com seu amigo.

"A ilusão dos Ursos é um pouco mais peculiar, mas, depois que é compreendida, é muito mais fácil de se tirar vantagem. Os Ursos, diferentemente dos Lobos, não se definem pelas coisas que são enquanto bando. Os Ursos não se definem como bando. São animais solitários. Pensam em si mesmos como um Urso imenso que cobre metade do globo. Eles entendem o que é um Urso, não olhando para o que os outros Ursos *são*, mas para o que eles, o grande Urso global, *fazem*. Atualmente, os Ursos trabalham duro nisso, e se proclamam orgulhosos de ser um Urso. E é muito mais fácil convencer alguém de que você trabalha e sente orgulho, do que convencê-lo de que você, como ele, é cruel e furioso."

– Por quê?

– Os Lobos nunca são cruéis e furiosos em relação a outros Lobos. Como é que se pode convencer um Lobo de que você é um Lobo cruel e furioso, se não pode tratá-lo com crueldade ou ferocidade, e não se parece com um Lobo?

Esta era uma boa pergunta.

– Seria muito mais fácil você convencer um Urso de que é como ele, do que um Lobo, mas nos dois casos você deve evitar um soldado a todo custo, se eu não estiver com você. Eles são perigosos. A única coisa que querem é machucá-la.

– Como sei se um soldado é um Urso ou um Lobo?

– Em geral, os Ursos usam casacos marrons, e os Lobos usam cinza.

– Não é roxo?

– Não é roxo. Mas qualquer um que use algum tom de vermelho tem que ser evitado. Os duques e capitães dos Lobos e Ursos frequentemente usam vermelho em algum lugar de si próprios.

– Ah!

Anna não pôde deixar de se lembrar de que o Homem das Andorinhas estava de gravata vermelha, quando o conheceu na Cracóvia. Nos momentos felizes, quando pensava nisto, deduzia que devia ter sido porque ele era alguma espécie de duque, ou talvez um príncipe. Anna amava ouvir as histórias que ele contava sobre si mesmo para as pessoas que encontrava nas estradas e trilhas, mas sabia que eram todas em Estrada, e imaginava quem ele seria em outras línguas.

Em um momento particularmente perturbador, Anna pensou na gravata vermelha do Homem das Andorinhas, e imaginou o quanto um capitão dos Lobos teria que ser cruel e feroz para montar uma armadilha tão ardilosa para uma menininha.

Mas Anna conhecia seu Homem das Andorinhas, e fosse ele o que fosse, não era um homem feroz.

E ela ainda não o vira cruel.

Naqueles dias, as fronteiras estavam por todo canto. O Homem das Andorinhas preferia evitá-las tanto quanto possível, mas quando se anda tempo o bastante, não importando a direção, acaba-se precisando cruzar uma fronteira. Quando tinham que fazer isso, era bem mais preferível passar por soldados a se arriscar a serem vistos se esgueirando.

– É melhor – dizia o Homem das Andorinhas – estar onde se deve estar, se for para ser pego. Melhor não arriscar ser visto da maneira que eles acham que você é.

A estratégia do Homem das Andorinhas para passar pelos postos de controle era muito mais sistematizada do que sua estratégia para arrumar novos amigos, e Anna tinha um papel indispensável a desempenhar na operação. Nos dias que levavam a uma planejada travessia de fronteira, os dois passavam grande parte do tempo vasculhando as florestas e fazendas próximas, até encontrar algo pequeno e doce para ela carregar. Uma maçã era o ideal, mas só podia ser encontrada em determinados meses. Algo doce e natural, no entanto, um punhado de cerejas ou de moranguinhos silvestres, servia.

No inverno, quando nada crescia, eles faziam o possível para não cruzar os postos de controle de jeito nenhum.

Tudo que é vivo se comprime e se contrai no frio do inverno. Isso inclui as fronteiras e suas pequenas brechas.

Se Anna e o Homem das Andorinhas precisassem passar pelos soldados lupinos, levavam um tempo se preparando cuidadosamente, e vestindo suas roupas de cidade. Se os soldados fossem ursinos, permaneciam em seus trajes de caminhada, mas, nos dois casos, ao se aproximar do posto de controle, Anna se arrastava levemente atrás do pai, comendo sem pressa sua fruta doce. Não falava.

Normalmente, eles precisavam passar por uma dupla de soldados, e a primeira e talvez mais crucial parte do ritual de travessia era a escolha, por parte do Homem das Andorinhas, de com qual dos dois falaria. Por esse motivo, ele preferia os postos de controle que ficavam a pouca distância da proteção de uma árvore, ou talvez, de uma curva da estrada. Quando havia distância demais a ser percorrida, eles seriam vistos pelos soldados muito antes de poder cumprimentá-los, e não daria para escolher. Numa distância curta demais, a alta estatura do Homem das Andorinhas poderia deixá-los de sobreaviso.

Ele nunca levava muito tempo para decidir qual era seu soldado preferido, apenas alguns minutos, na verdade, e quando atravessavam a fronteira dos Ursos, tinha que fazer tudo isso sem óculos. Depois da escolha, sorria, fixava os olhos no soldado e levantava a mão num aceno neutro, amistoso.

Invariavelmente, a saudação que recebia em resposta era breve e, em alguns casos, até entediada. Nunca um soldado devolveu um sorriso por iniciativa própria. Em geral, a resposta consistia em um simples: –*Papiere, bitte* – ou, no caso de um Urso, ou de um Lobo particularmente autoritário, –*Dokumenty* – a palavra tanto em russo, quanto em polonês. Este ponto de partida ligeiramente hostil servia para o Homem das Andorinhas, era até preferível. As pessoas (incluindo os animais selvagens disfarçados) têm mais segurança em suas decisões quando pensam que mudaram seu próprio jeito de pensar.

Geralmente, esta exigência – uma simples palavra, ou duas – era tudo o que o Homem das Andorinhas precisava para recorrer a um sotaque regional, mas ele era muito habilidoso, e passava uns minutos murmurando consigo mesmo, remexendo na sua maleta de médico.

– Ah – diria na língua e dialeto do soldado. – Claro. Papéis, papéis, papéis... – Na verdade, sabia precisamente em que lugar da maleta encontrava-se o documento adequado, mas nunca parecia conseguir pôr a mão nele até o soldado, invariavelmente, perguntar:

– Você é alemão? – ou – Você é russo?

Foi nesses cruzamentos de fronteira que a mente de Anna chegou à certeza de que todos os Ursos do mundo vinham da Rússia, e todos os Lobos do mundo vinham da Alemanha.

Feita a pergunta, o Homem das Andorinhas apresentava o passaporte apropriado e exibia um sorriso de orgulho silencioso. Anna nunca deixava de ficar aterrorizada nesse momento. Talvez fosse o instante mais delicado de toda interação, e ela sabia muito bem que, caso ele olhasse a parte interna do documento – a etapa seguinte bastante natural do processo – facilmente descobriria toda a farsa.

O momento da passagem do passaporte da mão do Homem das Andorinhas para a do soldado era crucial. Ele tinha que começar sua pergunta antes de apresentar o documento para inspeção, de modo que o soldado respondesse antes de abri-lo, mas não podia deixar transparecer que estava ganhando tempo.

– De onde o senhor é? – perguntava o Homem das Andorinhas. Todas as vezes a pergunta parecia improvisada, obrigatória, quase como se fazê-la em primeiro lugar fosse uma leve imposição para ele.

Não importa o nome da cidade ou do distrito que passasse pelos lábios do soldado, os olhos do Homem das Andorinhas arregalavam-se e ele se via rindo com um prazer genuíno e surpreso. Era uma reação que só poderia vir de um conterrâneo, a alegre surpresa de ouvir o nome de um lugar querido, quando se está tão longe de lá, como jamais se esteve em toda a sua vida.

A princípio, Anna não conseguia acreditar na consistência com que sua falsidade imitava a verdade. Afinal de contas, ela o via reagir, se não precisamente da mesma maneira, certamente com não menos prazer e surpresa ao ouvir palavras tão remotas e estranhas quanto Lindau, Zaraysk, Makhachkala, Quedlinburg, Gräfenhainichen, Mglin e Suhl, palavras que poderiam muito bem passar por estrelas nas mais distantes expansões do céu, por tudo que conhecia delas. Mas logo passou a compreender que isto não era nem um pouco falsidade.

A prática de mentir tem a ver com a tentativa de estender um papel fino temporário sobre o mundo existente, para parecer que ele satisfaz seus propósitos. Mas o Homem das Andorinhas não precisava que o mundo o satisfizesse. Podia se adaptar a qualquer mundo que lhe desse prazer concordar que existia. Era nisso que consistia um falante nativo de Estrada.

A base do sucesso deles no cruzamento das fronteiras era que o Homem das Andorinhas jamais dizia ter vindo dos lugares nomeados pelos soldados. As pessoas (inclusive as bestas selvagens disfarçadas) têm muito mais segurança em suas decisões quando pensam que mudaram de ideia por si só.

Em vez de dizer uma simples mentira, o Homem das Andorinhas disparava uma série de perguntas e elogios.

– Por que não se faz uma cerveja aqui, como é feita em casa? – dizia. – O que eu não daria por um copo de uma *verdadeira* lager.

Mesmo que um soldado em particular não fosse adepto da cerveja (mas que jovem não é?), ninguém negaria que sua cidade natal era melhor em tudo.

Ou talvez ele dissesse:

– Como vai a velha avenida Lênin?

Dificilmente restaria uma única cidade em toda a União Soviética sem uma rua Lênin.

Ou – Ah! – ele exclamava. – Senti tanta falta da *Platz*, neste *Weihnacht*. É a época mais bonita do ano.

Que cidade alemã não tinha uma praça? Que praça de cidade não era fartamente decorada para o Natal? Que jovem não sentia falta de casa quando chegava a época das festas e ele estava marchando por algum remoto campo polonês?

Não demorava muito para que o Homem das Andorinhas recebesse um sorriso do soldado, ou sua concordância, e quando Anna via isso, era sua vez de falar.

– Papai? – diria, e, na primeira vez, o Homem das Andorinhas a dispensaria.

– Um minutinho, Querida.

Anna esperaria um pouco, então, dando-lhe tempo apenas suficiente para trazer o soldado de volta à conversa, mas não demais a ponto de poder ser flagrado em algum detalhe específico. Novamente, diria:

– Papai? – e dessa vez o Homem das Andorinhas se viraria e se agacharia ao seu lado, e, com um sorriso de desculpas aos soldados, diria: – O que foi, Querida? – e ela lhe faria sua pergunta.

– Os soldados também gostam de morangos?

Eles chegaram a isso por acaso. No início, o plano era simplesmente Anna estender a fruta ao soldado sem dizer nada, mas ao cruzarem uma fronteira pela primeira vez, ela ficou com medo no último momento, sem saber se Lobos, Ursos e outras feras sequer comiam frutas.

Então, ela perguntou, e o efeito foi mágico.

O Homem das Andorinhas responderia:

– Ah, Querida, acho que eles gostam muito de morangos.

Quando Anna começou a viajar com o Homem das Andorinhas, parecia ainda mais nova do que era, e ele lhe mostrou como tirar os cabelos soltos da frente do rosto com a mão espalmada, como as meninas mais novas ainda faziam.

Ela estendia sua fruta doce, primeiro, ao segundo soldado – o homem calado com quem seu pai não conversara – e depois ao outro, e, com suas bocas cheias de doçura, eles nunca pareciam se lembrar de olhar o passaporte, antes de devolvê-lo ao Homem das Andorinhas.

Dessa maneira, Anna e o Homem das Andorinhas domesticavam animais selvagens com frutas silvestres.

* * *

A maior parte do tempo que Anna passava com o Homem das Andorinhas, no entanto, era vivida não encontrando estranhos ou passando por guardas de fronteiras, mas caminhando pela Polônia.

A Polônia é, apesar de todo seu morticínio (ou talvez, em parte, por causa dele), um país de magia singular. Tudo do mundo existe na Polônia, e existe de uma maneira antiga e silenciosa que, de certa maneira, é mais do que natural. Anna sentia muito prazer em todas as coisas novas que havia para ver e sobre as quais aprender, e o Homem das Andorinhas era um excelente professor. Em pouco tempo ela podia enumerar os nomes científicos da grande maioria das diferentes variedades de árvores e plantas que os viam passar, e logo escolheu suas favoritas em seus postos frondosos.

Foi apenas graças ao conhecimento enciclopédico do Homem das Andorinhas que eles não passaram fome no mato. Claro, foi preciso um tempo de adaptação. Anna sempre preferia que houvesse alguém levando pão ou carne para fazer amizade, mas, quando não era esse o caso, o Homem das Andorinhas sabia muito bem quais raízes eram boas para comer, que frutinhas eram seguras, que frutas produziam uma boa noz ou semente, que folhas deixavam um gosto doce ou amargo na boca, e com o tempo deixou de ser algo estranho passar uma semana ou talvez duas sem comer nada além da Polônia.

As florestas pareciam trazer à tona o instrutor que havia nele, e nesses lugares onde seres vivos cresciam e se desenvolviam, o Homem das Andorinhas falava mais.

Às vezes, nas colinas e planícies, eles passavam um ou dois dias inteiros sem falar, andando paralelamente numa distância de cinquenta a cem metros, por uma vegetação verde, alta e úmida. O Homem das Andorinhas nunca disse a Anna que ficasse próxima, nunca a repreendeu por perambular, e nos momentos de raiva, cansaço ou fome, ela de vez em quando se perguntava se ele sequer perceberia se ela simplesmente fosse numa outra direção e nunca mais voltasse.

Claro, mesmo quando tinha fome, essa especulação amarga não durava muito tempo. Sempre que uma nesga de fumaça subia além do horizonte, ou o barulho de um motor, ou de uma voz exaltada, chegava a seus ouvidos, o Homem das Andorinhas corria de volta para junto de Anna, com a mesma pressa que ela corria para junto dele.

Se as florestas o tornavam instrutivo, e as colinas e planícies o deixavam reflexivo, nada agradava mais ao Homem das Andorinhas do que as áreas úmidas.

Há um grande sistema de lagos, rios e pântanos que ocupam quase mil quilômetros do nordeste da Polônia, e eles voltavam para essa extensão com uma frequência desproporcional.

Logicamente, ali eles corriam um risco significativo; para quem caminha, nada é mais importante do que os pés, e poucos perigos são tão insidiosos quanto a umidade que não seca. Por este motivo, eles, em geral, vagavam pelas áreas com bosques, de elevação mais alta, que se espalhavam pelos pântanos. Apenas nesses lugares o Homem das Andorinhas parava para se sentar por puro prazer.

Ali, havia bandos de pássaros, pássaros cujo voo o Homem das Andorinhas adorava observar. Esses, Anna também aprendeu a identificar, mas por seus nomes comuns, como amigos. Se o Homem das Andorinhas sabia seus nomes científicos, não os usava, e os apontava para que Anna os admirasse, não como método de estudo.

Havia peixes a serem pegos ali, e eram muito poucas as outras pessoas que poderiam capturá-los. Alguns dos melhores dias dos dois eram vividos nessas terras úmidas, e sempre que o Homem das Andorinhas precisava levar Anna dali, eles eram tomados pela tristeza.

Foi num desses dias, quando o segundo inverno em comum se aproximava, subindo e se afastando das úmidas terras baixas, cansada e temendo o frio que se anunciava, que ela finalmente fez a pergunta que perseguia sua mente havia meses e meses.

Naquele dia, o Homem das Andorinhas andava à sua frente. A verdade é que ela não gostava tanto das terras úmidas quanto ele – havia algo no cheiro da água parada que ela nunca achou palatável –, mas mesmo assim ia a passos lentos, desejando ficar o máximo possível onde estavam, como se a mera presença deles naquelas terras pudesse impedir a chegada do frio. Pelo menos, era isso que ela dizia a si mesma. Na verdade, sua reserva tinha muito menos a ver com o frio ou as terras úmidas do que com o próprio Homem das Andorinhas.

Sob circunstâncias normais, nunca ficara completamente claro para Anna que o Homem das Andorinhas fosse humano da mesma maneira que ela. Era sistematicamente distante, podia se comportar como se o mundo fosse diferente do que era, e os momentos em que ela mais queria saber o que ele estava pensando eram aqueles menos prováveis de que conseguisse descobrir.

Mas nas terras úmidas, ele relaxava. Nas terras úmidas, ele se aproximava mais de algo que ela sabia como entender, e ela desejava isso mais do que tudo. Fazia muito tempo que abandonara o projeto de estabelecer uma analogia para descrevê-lo a partir de outras pessoas que conhecera – o fato era que simplesmente não havia ninguém como ele –, mas ela ainda queria saber quem ele era debaixo de todos os seus longos dedos, da barba incipiente e da fala Estrada. Queria saber que língua seu coração falava.

Assim, ela seguia se arrastando, e fez a pergunta às suas costas.

– Homem das Andorinhas? Aonde estamos indo?

O Homem das Andorinhas parou e se virou. Sua resposta não foi imediata.

Isso poderia parecer uma pergunta incisiva, com a intenção de enfatizar o cansaço de Anna. Afinal de contas, a essa altura eles estavam caminhando havia mais de um ano, e não mostravam indícios de parar, mas a verdade era que, por mais que parecesse ingênuo, Anna estava convencida de que havia alguma direção em seu nomadismo. O Homem das Andorinhas sempre tinha ideias muito específicas sobre para onde eles deveriam se dirigir, e sempre decidia o rumo com autoritarismo. Além disso, parecia completamente certo e comprometido com suas decisões, mesmo quando elas os levavam a se aproximar de cidades ou postos de identificação.

Como isso poderia ser explicado, se não por algum propósito ou plano?

A questão pegou o Homem das Andorinhas de surpresa, mas, talvez como se fosse previsível, ele não demorou a encontrar uma resposta.

– Ah – disse, abrindo um sorriso secreto no canto da face. – Fico contente que tenha perguntado. Eu queria lhe contar, mas não tinha certeza de que você já fosse grande o bastante para saber.

– Sou grande o bastante.

– Tem certeza? – O Homem das Andorinhas ergueu a sobrancelha.

– Claro que sou. Me conte!

– Bom – disse o Homem das Andorinhas. – Eu e você estamos numa missão de crucial significado científico. – Isto foi dito com uma intenção tão grave, que a dor nos pés de Anna desapareceu momentaneamente, em sua loucura de orgulho.

– Estamos?

– Estamos. Você sabe o que é uma espécie ameaçada?

– Não.

De início, ela ficara constrangida com as coisas que não sabia, mas a essa altura tinha percebido que não havia vergonha em aprender. Além disso, não era possível que alguém soubesse tudo que o Homem das Andorinhas sabia.

– Uma espécie é um tipo de animal – ele disse. – E quando se diz que uma espécie está ameaçada, significa que por um ou outro motivo quase não restou nenhum.

– Ah – disse Anna. Isso era triste. – Não gosto disso.

O Homem das Andorinhas sacudiu a cabeça.

– Nem eu. É por isso que estamos aqui ao ar livre. Existe um pássaro neste país, um pássaro extremamente raro, que está muito, muito ameaçado. Só restou um. E quero salvá-lo. Os Lobos e Ursos querem desesperadamente encontrar este pássaro, porque seu sabor é delicioso; e por ser o último, eles acham que quem comê-lo vai ficar muito, muito forte.

Isso parecia uma injustiça excepcional para Anna, e, de certa maneira, terrivelmente pessoal. Ela sabia muito bem que os Lobos e os Ursos detestavam os humanos, mas isso parecia a ordem natural das coisas. Em todas as histórias que conhecia, os animais selvagens eram os inimigos das pessoas. Mas extinguir um tipo de coisa completamente...

– Mas só restou um! – ela disse.

– É isso aí. Os Lobos e os Ursos comeram o restante. Vou prestar atenção para garantir que o último se salve.

– Uau!

O Homem das Andorinhas fez um gesto de aquiescência.

– Nem sempre é fácil encontrar o nosso pássaro, ele é

muito arisco. Mas se você conhecer os sinais que ele deixa, não é difícil rastreá-lo. Esta é a vantagem que eu e você temos sobre os Ursos e Lobos: suas armas são seus dentes e suas garras...
— E seus rifles.
Os rifles tinham se tornado um fascínio particular para Anna, ao cruzar fronteiras. Não sabia ao certo o que faziam, mas a essa altura sabia muito bem que eram perigosos, e que todo soldado carregava um.
— E seus rifles — concordou o Homem das Andorinhas.
— Mas as nossas armas? Nossas armas são conhecimento, observação, paciência e tempo, e se tivermos o suficiente desses dois últimos, *nossas* armas sempre prevalecerão.
Isto, logicamente, era verdade. Anna não sabia exatamente o que queria dizer, mas soava incrivelmente sábio, e então concordou, balançando a cabeça.
— O que torna o pássaro tão especial?
O Homem das Andorinhas suspirou profunda e pesadamente. Pela primeira vez, parecia de algum modo preocupado com a pergunta de Anna, e ela não pôde deixar de imaginar se seria porque a resposta era óbvia ou porque era obscura.
— O que o torna especial? — disse o Homem das Andorinhas. — É um pássaro. Um pássaro que voa e canta. E se os Lobos e Ursos conseguirem o que querem, nenhum outro jamais voará ou cantará precisamente da mesma maneira que ele. Nunca mais. É preciso ser mais especial do que isto?

Anna não teve uma resposta para isso, mas não sabia se era por ser uma resposta óbvia ou obscura.

– Você vai me ajudar a mantê-lo vivo?

Nada poderia tê-la impedido. Anna acenou com a cabeça energicamente.

– Mas como posso fazer isto? Não conheço seus sinais!

O Homem das Andorinhas aquiesceu.

– Vou ensinar você. Um dia. Por enquanto, o primeiro passo é que você precisa ficar a salvo. Fique viva. Se não houver ninguém por aqui para manter o *pássaro* a salvo, os Lobos e os Ursos o capturarão, sem dúvida.

– Tudo bem. Mas você também fique a salvo, OK? E vivo.

O Homem das Andorinhas concordou com um gesto solene de cabeça.

– OK.

Ele voltou à estrada, e depois de um tempinho de caminhada, gritou por sobre o ombro:

– Como estão seus sapatos?

O homem que beijou seu rifle

O inverno era diferente.

No inverno o chão endurece, as árvores ficam nuas e não escondem você. A terra mostra suas pegadas na neve aonde quer que vá. A comida é escassa, e quase não há esperança de encontrar o suficiente para encher sua barriga nos lugares onde não há pessoas.

Anna e o Homem das Andorinhas resistiram o máximo possível ao começo do inverno. Enquanto conseguiram obter da terra algum benefício nutricional, continuaram em movimento, esforçando-se para atravessar apenas as áreas mais remotas nos dias em que havia nevado. Mas sempre chegaria o dia em que, exaustos, famintos e gelados, não teriam alternativa senão aceitar que o inverno havia se abatido sobre eles. Anna chegou a esse ponto um ou dois dias antes do Homem das Andorinhas, e ainda que fosse uma decepção não conseguir fugir aos rigores do inverno naquele ano, para ela também foi um alívio quando finalmente eles se acomodaram.

Para conseguir sobreviver bem ao inverno, precisavam estar perto de pessoas. Apesar dos princípios que norteavam o Homem das Andorinhas, no caso do inverno era tolice procurar um grupo pequeno. Se eles se instalassem perto de tal população – digamos, uma aldeia rural – sua presença muito provavelmente seria rapidamente descoberta. Nos lugares com um número limitado de pessoas, há uma quantidade limitada de comida, e onde a quantidade de comida é limitada, a quantidade que pode desaparecer sem ser notada pode ser grande apenas esporadicamente. E eles tinham duas barrigas para alimentar.

Isto não significava, no entanto, que o princípio do Homem das Andorinhas fosse infundado; com toda certeza estava correto, e quanto mais pessoas houvesse em um determinado lugar, maior a chance de uma descoberta acidental, ou de algum insone inconveniente avistar uma garotinha estranha carregada de batatas furtadas. Soma-se a isso, o perigo mais comum de Lobos e Ursos, e daqueles que os serviam.

No inverno que se espalhou nos anos de 1940 e 1941, o segundo que os dois passavam juntos, Anna e o Homem das Andorinhas descobriram uma situação quase favorável: uma cidade de tamanho médio, com apenas uma presença Lupina nominal; e quase a uma hora de distância, na maior parte pela floresta, um conjunto de rochas dispostas como uma proteção quase que total, contra o vento e a neve, de um pequeno triângulo de terra que havia entre elas. Foi nesse lugar, não maior do que uma célula monástica particularmente opressiva, que Anna e o Homem das Andorinhas passaram o inverno.

Só depois que a pessoa para é que percebe o quanto caminhar realmente consome de tempo e atenção. Sentados próximos um ao outro, em um pequeno nicho de pedra sazonal, Anna e o Homem das Andorinhas fizeram a única coisa natural que havia a ser feita para passar o tempo: contaram histórias. Ou, mais especificamente, o Homem das Andorinhas contou histórias.

Eram boas histórias, sedutoras e fascinantes, e Anna as ouvia com cada pedacinho do seu ser, ouvia com excitação tal para manter o frio a distância: histórias de homens que guerreavam com Lobos e Ursos, Chacais e Tigres (que eram como Ursos e Lobos, mas de lugares onde ela nunca havia estado); homens que aprenderam a falar os dialetos secretos das línguas Grama, Estrela e Árvore, e que traduziam o que diziam para que todos ouvissem, e então eram caçados por grandes animais selvagens como um troféu; homens que andaram numa direção por anos, anos e anos, até encontrarem a parte do céu que havia se estilhaçado no dia do nascimento dos primeiros pássaros, e que destacaram um pedaço para fazer um novo tipo de pássaro para si mesmos; homens a quem Anna se afeiçoou – quase tanto quanto ao próprio Homem das Andorinhas –, homens com nomes como Kepler, Bohr, Heisenberg, Galileu, Einstein e Copérnico. E o preferido de todos para Anna: o grande, majestoso Newton e seu doce, inepto e conservador escudeiro, Willy Whiston.

Em noites espaçadas, quando a escuridão durava tanto tempo que Anna temia que nunca mais houvesse luz, eles rastejavam para fora de seu pequeno esconderijo de pedra e histórias, e visitavam a cidade. Seu propósito era simples: permanecer vivos e evitar a todo custo ser identificados.

Embora rapidamente tivessem descoberto que portas na cidade eram deixadas destrancadas, e que despensas ficavam mais próximas das portas destrancadas do que dos dormitórios dos seus guardiões, frequentemente tinham que ignorar essa tentação para evitar ficar conhecidos.

Não obstante, foi o inverno em que, desafiando qualquer bom senso, o Homem das Andorinhas abriu uma janela baixa e entrou por ela para pegar para Anna uma grande fatia de *babka*, um bolo visto no balcão ao passarem.

Na verdade, quase não havia o que fazer quanto a suas pegadas na neve. Ao entrar e sair da cidade, mantinham-se na estrada, e dali não havia um verdadeiro problema. Mesmo que estivesse nevando na calada da noite ao fazerem sua visita, podiam facilmente se manter na rua, e suas pegadas desapareceriam pela manhã. Quando, uma ou duas vezes, encontraram um novo manto de neve fresco na cidade, sem nova precipitação, simplesmente tomaram cuidado e apagaram as marcas deixadas à sua passagem com um galho de pinheiro, nos pontos em que entraram e saíram da estrada.

O problema surgia nas árvores. Mover-se entre a estrada e a floresta era muito fácil: a travessia de um riacho sob uma pontezinha, onde ela encontrava a estrada, apenas alguns minutos de caminhada na direção errada, e desde que não passassem tempo demais molhando os sapatos, podiam entrar e sair da floresta com facilidade, sem deixar rastro. Na própria floresta, no entanto, havia poucas opções. As árvores não eram suficientemente volumosas, nem estavam suficientemente juntas a ponto de eles poderem passar de uma para outra, abrindo caminho pelas copas, e eles acabavam tendo que simplesmente se resignar a deixar marcas nas profundezas da floresta onde (tanto quanto em qualquer lugar do mundo) se podia dizer que viviam.

Eles agiram tão bem quanto era de se esperar: não havia trilha que levasse alguém da comida desaparecida à floresta.

Por fim, no entanto, por maior cautela que tivessem, não havia o que os pudesse manter a salvo ali.

Além de contar histórias, o tempo gasto em seu pequeno esconderijo de pedra era, sobretudo, em sonecas. Uma excelente maneira de passar o tempo e aliviar as dores da fome, tinha o benefício adicional de mantê-los descansados para suas excursões noturnas à cidade.

O Homem das Andorinhas frequentemente saía para curtas caminhadas, próximo à área onde Anna cochilava. Estava sempre ali quando ela fechava os olhos e quando voltava a abri-los, mas a menina tinha sono muito leve e quase sempre ouvia o pisar de suas botas ao sair.

Anna não caminhava quando o Homem das Andorinhas dormia. Gostava de observá-lo. O rosto dele adormecido lembrava o Homem das Andorinhas que ele se tornava quando visitavam as terras úmidas. Talvez fosse apenas a lembrança da primeira noite que passaram nas colinas perto da Cracóvia, mas, ao olhá-lo naquele estado, testemunhar sua respiração tranquila, ritmada, enquanto dormia, sentia sempre como se estivesse mais perto de vê-lo da maneira como realmente era.

Quando Anna acordou naquela noite, estava escuro. Primeiro foram os pés, esmagando a neve exatamente como o Homem das Andorinhas havia feito ao sair, só que agora havia mais, muitos, muitos pés a mais e metal raspando levemente em metal, com o movimento dos corpos.

O Homem das Andorinhas não regressara. Lá fora, além das rochas, estava escuro. Algumas vozes murmuravam enquanto os pés marchavam por ela, mas Anna não conseguiu detectar uma palavra ou língua específica. Prendeu a respiração.

Haviam passado por ela, quando começou. Ela ainda podia ouvir seus passos na neve, mas agora estavam a certa distância, não tão próximos que lhe dessem medo de respirar.

O primeiro tiro saiu sozinho, de uma pistola ou rifle, e então se ouviu o som de uma mulher gritando.

Não há como descrever adequadamente este tipo de grito para uma pessoa que nunca o ouviu. É um som, de certa forma, além das limitações do corpo que o produz, tão estridente e distinto que parece quase sobrenatural, mas tão animal a ponto de produzir no corpo que o testemunha uma espécie de grito fantasma que ecoa violentamente no interior do seu peito. A palavra que designa isso não é tensão ou horror. Na verdade, não há uma palavra adequada em nenhuma língua. A única maneira de imaginar o som desse tipo de grito é pensar nele como o som produzido quando o universo se abre para deixar que a Morte entre.

No começo, era apenas uma pessoa gritando, em seguida uma onda de murmúrios, e depois vozes exaltadas gritando com quem reclamava. Anna ainda não conseguia descobrir a língua. Cachorros começaram a latir, e depois tiros, mais e mais, rápidos, um atrás do outro, e então os gritos e choros se multiplicaram, espalhando-se externamente por entre as vozes, como um contágio.

Alguém ria.

No final, o único som era o de tiros. Diminuíram gradativamente, até só restarem descargas intermitentes, duas ou três por vez, punindo qualquer sobra de vida que ainda restasse.

Anna contraía a garganta com tanta força, a mão espalmada sobre a boca para se impedir de fazer qualquer barulho, que pensou que sua cabeça fosse explodir. Seu rosto, o maxilar, a garganta, os olhos, tudo retumbava, pressionado pela tensão.

Podia ouvir as botas dos soldados e sua conversa ociosa chegando até ela, podia sentir o cheiro cada vez mais forte da fumaça do cigarro, conforme eles se aproximavam.

As coleiras dos cachorros tilintavam levemente contra suas guias.

Não se pode dizer que estava aterrorizada. O terror é uma incerteza. Anna tinha certeza de que morreria dali a pouco.

Suas pegadas e as do Homem das Andorinhas estavam por toda parte, e cada conjunto delas saía ou se dirigia para o lugar onde ela estava sentada naquele exato momento.

Aqueles Ursos ou Lobos, aqueles animais, a farejariam e com certeza viriam atrás dela. Estava só.

Seria encontrada.

Sua mente esforçou-se loucamente, mas Anna não conseguiu pensar num nome para si própria que os impedisse de machucá-la. Não tinha frutinhas. Próximo ao seu esconderijo, muito próximo, um deles ria. Tinha seguido, da melhor maneira possível, todas as regras, princípios e sistemas estabelecidos pelo Homem das Andorinhas, mas, por mais que alguém se supra de planos e lógica contra o mundo, ainda assim a neve cai, e seus pés deixam marcas aonde quer que vão.

Por maior que fosse a quantidade de teorias, ela não poderia ser salva.

E então ela ouviu. Em algum lugar próximo. O canto da andorinha.

Talvez lhe fosse impossível sobreviver, mas ouvir o canto de um pássaro entoado por um homem introduziu em sua mente a esquecida noção de que podem existir no mundo coisas impossíveis.

O que a mantivera viva até agora não eram as regras, era o Homem das Andorinhas.

E o Homem das Andorinhas estava cantando.

Se os soldados tivessem procurado ao chegar, é bem provável que vissem as pegadas cobrindo a área, mas sua presa estava à frente deles, e suas marcas desapareceram sob seus próprios pés pesados. Talvez um ou dois entre os que caíram tivessem visto, talvez até entendido o que as pegadas significavam. Mas não havia mais perigo.

Os soldados partiram depois de breves quinze minutos, mas o Homem das Andorinhas não veio buscar Anna até de manhã.

Partiram imediatamente, sem falar.

Anna não olhou para os cerca de vinte corpos vazios, ao passarem por eles. Em vez disso, olhou para os cartuchos de balas gastas.

Vários meses antes, no outono da parte leste do país, Anna e o Homem das Andorinhas tinham dado com uma árvore na qual fora pregado um ícone religioso. Ela já tinha visto árvores com partes de sua casca arrancada, e lhe pareceu perfeitamente natural que, naquela estação, uma daquelas grandes árvores que choviam folhas vermelhas, marrons e douradas escondesse uma pintura tão luminosa e colorida em sua pele. Aproximou-se para olhar melhor, para puxar um pouco da casca e ver as partes da pintura que permaneciam escondidas, mas algo mais chamou sua atenção: ao redor do pé da árvore havia um amontoado de pequenas peças cilíndricas, cor de latão. Eram frias, ao toque, e cheiravam vagamente a fumaça. Enfiou uma delas no bolso do vestido para levar consigo. A dedução foi que uma árvore peculiar, com pinturas sob sua casca, poderia muito bem dar frutos peculiares. Na verdade, isso foi tão intuitivo que ela nem mesmo pensou em perguntar ao Homem das Andorinhas a respeito.

Mas quando Anna viu os cartuchos ali, entre os corpos dos mortos, soube instantaneamente que não pertenciam a nozes. Soltou na neve aquele que tinha pegado, e que ainda levava no bolso.

Agora ela sabia o que os rifles faziam.

Foi cerca de seis meses mais tarde que Anna encontrou um homem no mato beijando seu rifle.

O Homem das Andorinhas estava quase sem comprimidos, e não havia dúvida de que necessitava encontrar mais. A esta altura, ele não mais escondia de Anna o ritual do seu consumo pela manhã, à tarde e à noite, mas também não contou a ela por que a estava deixando sozinha na floresta, enquanto ia a Lublin. É claro que ela sabia, e é claro que ele sabia que ela sabia. Não fez qualquer esforço para disfarçar a diminuição diária de comprimidos dentro do frasco, mas alguns segredos, embora amplamente conhecidos, devem permanecer ocultos.

Havia um cálculo complexo que determinava se era mais seguro deixar Anna na floresta, ou levá-la para a cidade, e o valor de muitas das variáveis na equação era deixado para especulação.

Qualquer um podia ver que as coisas estavam mudando, piorando nas cidades – no apogeu do período dos guetos –, mas em que extensão isso poderia afetar Anna e o Homem das Andorinhas, caso se aventurassem no emaranhado do caos de cidades hostis e negligenciadas, era incerto.

Estivesse só ou acompanhado, a missão do Homem das Andorinhas era delicada: parecer tão indiscutivelmente autoritário que as pessoas temessem encará-lo. As meninas pequenas tendem a humanizar os grandes homens, e naquele momento não havia nada que o Homem das Andorinhas quisesse menos do que a humanização.

Eles nunca haviam conversado sobre o massacre de inverno, simplesmente seguiram com suas vidas e encontraram um lugar onde terminar a estação, antes de novamente se pôr em marcha ao seu término. Naquele dia, nas árvores, vendo-o afastar-se dela, alto e esguio, a mala pendurada no galho do seu braço, Anna quis tocar no assunto pela primeira vez. Não gostava de ficar sem o Homem das Andorinhas. Não gostava de se lembrar que o tinha esquecido, mesmo que por um momento. Isso lhe provocava uma dor antiga e conhecida na ponta dos dedos, como se estivessem tentando destruir um metal frio e enferrujado.

Mas as palavras não vieram, e logo ele se foi por entre as árvores esguias.

A Anna quase que só restava esperar. Sentou-se no chão macio da floresta, acostumada, agora, a se acomodar num lugar confortável entre as raízes da árvore, e tirou, em silenciosa gratidão, o pequeno par de sapatos de couro dos seus pés doloridos e apertados.

Movimentou os dedos formigantes na brisa quente, e suspirou. Era um dia de irrestrita beleza.

Sempre foi um mistério como é possível que, em meio a um horror extremo, o tempo possa continuar tão displicentemente quente, claro e agradável. Não foram poucos os horrores naquele dia, nem mesmo a grande distância de onde Anna estava. Mas a luz do sol não pareceu perceber, e Deus seja louvado por isso. Se não tivesse havido luz do sol por detrás das finas folhas verdes das matas da Polônia, Anna Lania poderia não ter chegado a compreender por que não era bom morrer.

O homem veio movendo-se ruidosamente por entre as árvores, fazendo tanto barulho que ela pensou que ele poderia estar brincando.

Não era alto demais; era espadaúdo, mas não robusto, e tinha a barba cheia e comprida. Sob o casquete redondo em formato de caixa, seu cabelo estava bem aparado. Para Anna, ele parecia apenas um adulto, mas poderia mal ter passado da casa dos vinte ou, no máximo, estar terminando a dos trinta.

No entanto, para ela, o mais fascinante e aterrorizante era o rifle que ele carregava pendurado no ombro. Nessa época, Anna já tinha visto todos os tipos de armas pessoais: automáticas, semiautomáticas, de ferrolho, de todas as fabricações, origens e cores, com graus variados de uso. A variedade não tinha fim. A que era carregada por aquele homem, contudo, era uma arma que ela nunca tinha visto.

Alguns soldados tinham tiras de couro de qualidade nos ombros, para levar seus rifles; outros, arranjos de pano mais simples; e ainda havia aqueles que preferiam carregar suas armas na curva dos braços, como crianças. Aquela era a primeira vez que Anna via um rifle preso com cadarços. As línguas das botas do rapaz batiam e se agitavam ao redor dos seus pés, enquanto seus calcanhares quase saíam a cada passo.

Eram essas as maneiras de um soldado? Estava sem uniforme e parecia não dar qualquer importância a seus pés... Seu comportamento era muito estranho, e sua arma, terrivelmente esquisita.

A madeira daquela coisa era escura, quase preta. Isto, por si só, não era tão fora do comum a ponto de despertar a curiosidade de Anna – havia armas de todas as cores –, mas os elementos da arma desse homem pareciam de prata, e ela não conseguia descobrir nenhum mecanismo de disparo. Como poderia saber quando seria necessário ficar amedrontada, se não dava para vê-lo se preparando para atirar?

A própria forma da arma era a principal irregularidade. Enquanto a maioria dos rifles tinha um cano comprido e fino, saindo de um suporte mais grosso que acabava numa coronha moldada para se firmar contra o ombro, esta era cilíndrica em quase toda a sua extensão. A boca afunilava-se, comprimindo-se numa extremidade redonda, e do outro lado, perto da base, onde deveria estar a coronha, alargava-se como a parte de baixo de um sino.

O rapaz deu um gole na garrafa de vidro que tinha na mão, e se sentou de qualquer jeito no tronco de uma árvore caída. Se Anna soubesse o que era uma bebedeira, certamente não teria problema em reconhecê-la.

Seu fascínio só aumentou quando ele levou o rifle aos lábios.

O que estava fazendo? Aquilo era totalmente errado. A própria Anna não era um soldado, é claro, nunca tinha aprendido os protocolos e regulamentos de nenhum serviço militar, mas se orgulhava de seu conhecimento da importância das regras, sistemas, gramáticas e padrões. Afinal de contas, o próprio Homem das Andorinhas era meio homem, meio autoridade, e tudo que dizia respeito a esse novo e estranho sujeito parecia ser uma enorme violação às Regras.

O rapaz fechou os olhos, e, segurando a extremidade estreita do seu rifle na boca, respirou profundamente pelo nariz.

Uma questão germinava no peito de Anna, uma questão grande demais para ser confinada pela língua, a questão do próprio rapaz, e, antes de conseguir se conter, as palavras saíram aos tropeços da sua boca.

– O que está fazendo?

Assim que falou, Anna soube que isso fora errado. Instintivamente, levou a mão à boca, e com a mesma rapidez deixou-a cair novamente, o ensinamento do Homem das Andorinhas ecoando em sua mente:

O arrependimento é como uma joia de ouro: no momento adequado, pode-se revelar de um valor imenso, mas raramente é prudente exibi-lo na presença de estranhos.

Por sorte, o rapaz não tinha absolutamente registrado sua demonstração momentânea de arrependimento; em seu estupor com a súbita voz de Anna, pulara e caíra para trás do seu assento no tronco da árvore.

– Minha nossa...

O medo em seus olhos, ao se virar para olhar para Anna, era total e extremamente transparente. Ela não estava acostumada com pessoas no meio do mato que sentiam medo e não tentavam escondê-lo.

Tudo em relação a esse homem era estranho.

– *Riboyno shel oylum!* É apenas uma garotinha! – ele disse, espantando-se e retomando seu tronco de árvore. – Você me deu um susto!

Anna não estava imensamente satisfeita de ser chamada de "apenas" coisa nenhuma, mas sua curiosidade era tanta que se permitiu não levar isso em conta.

– Que tipo de rifle é esse?

O rapaz virou-se furioso, olhando diretamente atrás de si, e depois, surpreendentemente, apesar de sua posição sentada, em todas as outras direções possíveis.

– O quê? Onde?

– O seu rifle. De que tipo é? Por que você estava dando um beijo nele?

O rapaz olhou para Anna com olhos arregalados, o rosto afogueado e suando, a testa franzida por um longo momento, tentando entender. E então começou a rir.

A risada desse homem era, para Anna, maravilhosamente instrutiva. O Homem das Andorinhas era realmente um grande homem, e sua vida era linda, mas guardava sua risada com o maior zelo – não dera nenhuma em quase dois anos –, e a infância de Anna fora plena de risadas, risadas de uma pessoa exaltando a outra. Este rapaz, no entanto, ria de alegria e alívio. Ria porque as coisas não eram tão ruins como poderiam ser. Ria com facilidade, e ria bem.

– Ah, menina querida, não! – ele disse. – Não! Isto não é um rifle! É um clarinete!

– O que é um clarinete?

Ele levantou as sobrancelhas.

– Um clarinete é um instrumento musical. Como eu.

Em iídiche, tanto o instrumento quanto o músico são chamados *klei-zemer*, ou *klezmer*.

Anna franziu o cenho.

– O que foi? – perguntou o rapaz. – Não conhece música?

Anna conhecia. Conhecia a palavra e a experiência, mas há muito tempo não ouvia nenhuma.

– Eu me *lembro* do que é música – disse. – Só não *conheço* nenhuma.

Tinha se acostumado, na companhia do Homem das Andorinhas, a renunciar aos desejos. Passara-se muito tempo desde a última vez que pedira algo que quisesse, e havia um prazer transgressor em pedi-lo agora:

– Pode tocar para mim, reb Clarinete?

Reb Clarinete sorriu por detrás da sua barba densa e castanha, as faces redondas e vermelhas como maçãs subindo de encontro aos olhos.

– Isto – disse, levantando o instrumento – é um clarinete. Meu nome é Hirschl.

Para Anna, isto não tinha o menor interesse.

– Tudo bem. Pode tocar para mim, reb Hirschl?

O rosto de Hirschl desmontou.

– Ah, não. Sinto muito. Não posso, senhorita... hã... Senhorita... Qual é o seu nome?

Talvez tenha sido a súbita ausência de sua bela alegria, ou a própria pergunta, mas tão repentina, uma luz clara e distinta veio à cabeça de Anna. Ela não tinha um nome. Não podia ter um nome. E este homem aqui jogava o seu como se não fosse nada. Ela podia sentir a alegria fácil e perigosa desse homem estranho, fabuloso e inebriante, como uma inundação doce e morna que começava a tirá-la do seu estado de alerta. Esforçou-se para querer resistir.

Ele olhava para ela, esperando. Qual era o seu nome? Suas faces redondas e vermelhas eram irresistíveis ao olhar de Anna, e o vocabulário de nomes Estrada que ela havia reunido escapou, retorcendo-se em sua mente, evitando ser pego.

Depois de gaguejar por um momento, ela desistiu e mudou de assunto.

– Mas por que você não pode tocar?

Esta pergunta novamente provocou tristeza em reb Hirschl, e Anna arrependeu-se imediatamente. Gostava da aparência de reb Hirschl. Seus ombros eram quadrados, e ela queria colocar a palma da sua mão em seu peito, para senti-lo subir e descer, vibrar com sua fala, não só quando ele ficava feliz, mas quase com a mesma intensidade quando ele ficava triste.

– Porque – ele disse – minha última palheta está trincada.

Ele enfiou a mão na meia suja do seu pé direito, e tirou uma lâmina amarelada de junco, arredondada na parte de cima. Havia claramente uma fissura correndo pela fibra, por onde brilhava a luz do sol.

Anna inclinou a cabeça à direita, interrogativamente, como havia visto o Homem das Andorinhas fazer inúmeras vezes.

– O que isso quer dizer? O que é uma palheta?

– Bom – disse reb Hirschl, enfiando sua palheta de volta na meia –, se um clarinete for como um rifle, o que não é, e se as notas de música forem como as coisas que um rifle dispara, o que não são, então a palheta é como um cartucho, entende, o tambor que você põe na arma para que ela dispare. É o que faz funcionar. Quando ela vibra, como a sua garganta quando você fala, sai som de dentro dela. Sem palheta não há som.

– Então na verdade a *palheta* é o instrumento, não você ou o seu clarinete.

– De certa forma – disse reb Hirschl. – Quando ela está quebrada, o som não sai bom.

– Mas sai algum som?

Ele franziu a testa e balançou a cabeça para frente e para trás, evasivo.

– Claro. Algum.

– Bom, então por que você não toca?

– Porque o som não será tão bom quanto se *não estivesse* rachada. E se eu tocar, a rachadura vai piorar.

Isso não fez o mínimo sentido para Anna.

– Mas se você não tocar, não haverá música de jeito *nenhum*.

Reb Hirschl franziu o cenho e concordou: – É verdade.

– Então, você vai tocar.

Reb Hirschl sacudiu a cabeça:

– Não. Não posso me arriscar a estragar a palheta.

Anna não acreditou. Não fazia sentido.

– Mas – disse reb Hirschl – farei o que estava prestes a fazer quando você me interrompeu.

– O que era?

– Eu ia praticar. Todos os movimentos dos dedos e tudo mais, só que em vez de soprar, vou só cantarolar de boca fechada.

– O quê?

Por um instante, pareceu que reb Hirschl ia tentar explicar novamente, mas suspirou:

– Apenas ouça.

Reb Hirschl colocou o clarinete sem palheta na boca, fechou os olhos, inspirou profundamente pelo nariz e começou a cantarolar de boca fechada. O som da sua voz saindo do instrumento era estranho e abafado, e seus dedos batiam nas chaves e anéis daquilo de maneira estranha, mas através de tudo isso, Anna conseguiu ouvir a música que havia nele.

Sua voz era sonora, acariciante e soturna, e ele tocava uma doina, lamento doce romeno.

Tocou e tocou, de início com simplicidade e baixo, mas logo com mais intensidade. De vez em quando, Anna levantava o olhar e o via de olhos fechados, balançando-se levemente, entrando mais profundamente na música.

A certa altura, ela percebeu que se não se levantasse e saísse furtivamente, não conseguiria fazê-lo depois, mas essa perspectiva não era totalmente desagradável, e ela já havia se decidido.

Por fim, recostou as costas no tronco da árvore dele, e fechou os olhos como ele, para poder ouvir a música da maneira que ele ouvia.

Foi assim que Anna apaixonou-se pelo homem que beijou seu rifle.

Anna viu, mas reb Hirschl não. O Homem das Andorinhas estava com a faca na mão.

Se os olhos dela não estivessem fechados como os dele, Anna poderia ter visto o Homem das Andorinhas chegando. Poderia ter sido capaz de captar seu olhar e lhe mostrar, sem falar, que tudo estava bem. As coisas poderiam ter sido diferentes desde o começo.

Acontece que o Homem das Andorinhas fez um barulhinho, um roçar no arbusto, o estalido de um galho, e tanto os olhos de Anna, quanto os do judeu abriram-se de imediato. Anna sabia muito bem que isto era um sinal da segurança relativa que tinham em relação ao Homem das Andorinhas. Caso ele quisesse, poderia facilmente ter chegado até eles em silêncio, com sua faca, e, com os olhos fechados para melhor ouvir a música, nenhum deles perceberia até sentirem a lâmina.

Mas reb Hirschl não tinha ciência de nada disso.

Apesar de estar embriagado, e das botas sem cadarço, ficou em pé antes de Anna. Segurou o clarinete ao seu lado, com a mão direita, paralelo ao chão, e com a esquerda, puxou Anna e a protegeu atrás da sua perna.

O Homem das Andorinhas já acolhera Anna junto de si em mais de uma ocasião, mas se colocar entre ela e o perigo, isto não era algo que o Homem das Andorinhas teria feito.

– Bom – disse reb Hirschl –, hoje este canto da floresta está frequentado. – Sua voz trazia uma risadinha, leve e tranquila, inofensiva. Amistosa. Isto também era um desvio que Anna conhecia. Apesar da habilidade do Homem das Andorinhas em transformar estranhos em compatriotas, ele próprio nunca era amistoso. A cordialidade era uma extensão da personalidade. A cordialidade era facilmente rechaçada. A cordialidade era fraca.

A princípio, o Homem das Andorinhas não falou. Ficou perfeitamente imóvel naquele momento que parecia terrivelmente perigoso. Simplesmente olhou. E então, finalmente, desviou o olhar do rosto de reb Hirschl e olhou para Anna.

– Você está bem, Querida?

Estendeu a mão de dedos longos, a direita, palma para cima.

Anna sabia que ele preferia a esquerda, a mão que pendia a seu lado, com o dorso para fora, escondendo a lâmina eternamente afiada, como uma foice entre os ramos dos seus dedos. Não teve alternativa a não ser se afastar de reb Hirschl e ir pegar a mão que a aguardava.

Olhar para reb Hirschl do lado oposto da situação era uma experiência desagradável. Era visceralmente assustador ver o Homem das Andorinhas em frente a você, parado, em silêncio, esperando, pronto. Ver reb Hirschl sob a luz do sol de final de primavera era quase risível. Seu casquete redondo em formato de caixa estava deslocado em sua cabeça perfeitamente redonda, bem tosada; a barba era espessa e desgrenhada, as roupas estavam malcuidadas, e faltava pouco para as botas lhe saírem dos pés. Oscilava levemente, como as árvores com a brisa. Seu clarinete pendia da ponta dos dedos.

Ele não tinha sequer uma palheta para aquilo.

Com a autoridade e a implacabilidade que apenas alguém de nove anos pode ter ao formular tais julgamentos, Anna se viu pensando no quanto ele parecia infantil.

Houve um momento de alerta e desapontamento, de tristeza, quase de traição, no rosto dele, quando ela foi até o Homem das Andorinhas, e então, em seus olhos lentos e enevoados, ela viu entendimento.

– Ah – ele disse. – Você deve ser...

– Papai – Anna disse.

Ela esperava que seu espontâneo retorno à margem do rio pudesse mitigar o perigo que sentia se insinuar pelos ossos dos dedos do Homem das Andorinhas, no ponto onde envolviam seu punho, mas o Homem das Andorinhas não relaxou.

Um reflexo de alívio genuíno, verdadeiro, iluminou os olhos de reb Hirschl. Anna pôde vê-lo começando a estender a mão para cumprimentar seu pai, quando o Homem das Andorinhas falou:

– Obrigado. – E as palavras pareceram repentinas, como o rápido limpar de uma garganta oculta na escuridão. – Por tomar conta dela.

Suas mãos não se mexeram, e reb Hirschl desistiu da intenção de cumprimentá-lo antes mesmo de estender totalmente o braço.

– Ah – disse –, não foi nada.

Isto foi uma novidade nas viagens de Anna com o Homem das Andorinhas. Reb Hirschl estava se esmerando em gentilezas, e o Homem das Andorinhas o repelia. Em todos os lugares, o Homem das Andorinhas havia adotado e encarnado uma filosofia muito simples que se apoiava na ideia de que uma pessoa não precisa sofrer para ajudar outra, que a conexão entre pessoas, ainda que breve, ainda que efêmera, ainda que até mesmo falsa, tinha o potencial muito verdadeiro de salvar todos nós.

E aqui estava ele, fazendo o possível para afastar alguém.

– Papai – disse Anna. – Este é reb Hirschl.

Reb Hirschl inclinou a cabeça.

– Muito prazer.

O Homem das Andorinhas não respondeu.

– Querida – disse –, podemos ir?

Só havia uma resposta para esta pergunta. O Homem das Andorinhas sabia disso, Anna sabia disso, e até o pobre reb Hirschl sabia disso.

– Sim – disse. – Podemos.

Anna e o Homem das Andorinhas moveram-se por entre as árvores, silenciosos, lado a lado, para longe do lugar onde haviam encontrado reb Hirschl, o judeu, caminhando exatamente como sempre haviam feito. Só que Anna já não era nem um pouco como antes.

Havia muitas coisas sobre as quais tinha dúvidas. Não sabia muito bem como a vida deveria funcionar sob circunstâncias normais. Nem mesmo sabia, realmente, o que *seriam* as circunstâncias normais ou o que significavam coisas como "real" ou "falso".

Com certeza, não entendia os limites que as pessoas infligiam a outras, em suas diversidades. O Homem das Andorinhas e ela cruzavam essas fronteiras com a mesma facilidade com que respiravam. Na verdade, se Anna e o

Homem das Andorinhas pudessem ser chamados de qualquer coisa, do jeito que algumas pessoas são chamadas de fazendeiros, sapateiros ou leiteiros, a palavra andarilho os definiria muito bem. E, no entanto, Anna não conseguia entender por que outro motivo eles estariam se afastando de reb Hirschl, que não fossem os limites e fronteiras que outros homens haviam estabelecido ao seu redor.

– Porque ele é judeu? – Anna perguntou.

Esta foi a primeira coisa dita por um deles, desde que haviam deixado reb Hirschl.

– Por diversas razões – respondeu o Homem das Andorinhas, sem olhar para Anna.

– Uma delas é por ele ser judeu?

– É. – O Homem das Andorinhas não se desculpou. – Existem certos modos de ser mais perigosos do que outros, atualmente, mas o modo judaico é um dos piores.

– Mas eu gosto dele.

Anna tinha certeza de que isso obrigaria o Homem das Andorinhas a parar e se virar para encará-la, como fizera tantas vezes nos primeiros dias de sua viagem, mas ele não parou. Nem mesmo virou a cabeça.

– Sei que gosta – disse o Homem das Andorinhas. – Mas não estamos indo atrás das coisas de que gostamos. Estamos indo atrás das nossas vidas; tentando garantir nossa sobrevivência.

– Por que a nossa e não a dele?

– Porque nós somos nós, e ele não. O mundo está em guerra.

— Nós estamos em guerra?

O Homem das Andorinhas levou um momento para responder, mas não foi um momento longo.

— Estamos — disse.

— Contra quem? Contra ele?

— Não. Não contra alguém. *Por* nós mesmos.

Anna esforçou-se ao máximo, mas não pareceu entender como se poderia estar em guerra sem ninguém contra quem lutar.

— Mas se estamos em guerra por nós mesmos... isso significa que estamos em guerra contra... todos os outros?

Isto fez o Homem das Andorinhas parar e encará-la, e no peito dolorido de Anna esta atenção foi sentida como uma vitória inegável, até ouvir o que ele tinha a dizer.

— Querida — disse o Homem das Andorinhas. — Anna... sim.

Anna franziu o cenho. Não parecia certo.

— E quanto às outras pessoas? As pessoas de quem gostamos?

— Como quem?

— Como reb Hirschl.

— Não gosto de reb Hirschl como você.

Isto soava como se ele estivesse se esquivando, uma tecnicalidade.

— Bom — disse Anna —, você deve gostar de *alguém*.

— Gosto de você.

— Isso não conta. "Você" é apenas uma maneira de dizer "mim" em Estrada.

Perante isso, o Homem das Andorinhas acabou rindo contra a vontade. Não respondeu, mas Anna não tinha encerrado a conversa.

– Mas, Homem das Andorinhas?

– Sim?

– Você gosta das pessoas. E todos os nossos amigos? Aqueles que conhecemos na estrada? Você gostou deles. Eles sempre nos ajudaram e nos deram coisas boas.

– É – disse o Homem das Andorinhas.

– Bom, por que nós nunca demos coisas boas para *eles*?

– Porque – disse o Homem das Andorinhas – um amigo não é alguém a quem você dá as coisas que precisa quando o mundo está em guerra. Um amigo é alguém a quem você dá as coisas que precisa quando o mundo está em paz. E diferentemente de "você", Querida, em Estrada, "amigo" não quer dizer "mim".

Isto, aflitivamente, Anna entendeu. Sabia que queria viver, e sabia que também queria que o Homem das Andorinhas vivesse. Mais do que queria que os outros, até os que fossem amáveis, vivessem.

Mas também sabia que não queria que o pobre, ridículo, bobo, lindo reb Hirschl morresse. Ele era as outras pessoas. Mas não precisava ser. E talvez Anna não quisesse que ele fosse.

Não sabia muito bem como expressar isso. Parecia uma pergunta que quisesse fazer, mas não conseguia descobrir as palavras para envolvê-la e torná-la perguntável. Além disso, o Homem das Andorinhas escutou-a e levou realmente a sério as coisas que ela disse, mas uma vez que sua mente estava decidida, nunca o tinha visto reverter uma decisão. Reb Hirschl era perigoso, diria. Sob vários aspectos.

Anna não podia argumentar em relação a isso. Entendia-o instintivamente. E assim o tempo passou.

Mas Anna não esqueceu.

Lublin era uma das maiores cidades a leste da Polônia, e o Homem das Andorinhas tinha a prudência de nunca se demorar nas vizinhanças de tais lugares além do necessário. Nem mesmo parava para trocar de roupa, até que houvesse uma grande distância entre eles e aquela confusão mortal de tijolos e carne, e, naquela tarde, eles se moveram rapidamente para ultrapassar o raio do seu perigo.

Muitas coisas chamaram a atenção de Anna naquele dia, e quando a luz residual do céu começou a se apressar para alcançar o sol, no ponto onde ele havia mergulhado além do horizonte, sua mente tinha se dedicado a diversas atividades: seus pés doloridos; a ponta de pão que o Homem das Andorinhas tinha guardado em sua maleta de médico, e se esta noite seria a noite em que ela seria consumida; várias pequenas visões de beleza que tinha aprendido a esconder em si mesma, como um esquilo, sabendo que a desolação do inverno estaria inevitavelmente a caminho. A certa altura, o Homem das Andorinhas lhe dera uma aula completa sobre os mistérios dos fungos simbióticos, que ela considerou muito interessante, o que sempre acontecia quando ele se tornava instrutivo. Mas o espaço de cada uma dessas ideias, fosse grande ou pequeno, nunca estava vazio quando ela entrava nele.

Não importa por onde vagasse em sua mente, ali Anna encontrava reb Hirschl.

Imaginava onde ele dormiria naquela noite.

Imaginava se palhetas trincadas eram comuns ou raras.

Imaginava aonde ele estaria indo. A esta altura, ela sabia que quase ninguém tinha um destino tão nebuloso quanto o Homem das Andorinhas e ela, e imaginava o que ele faria ao chegar lá.

Mais do que tudo, no entanto, não imaginava. Simplesmente o via em sua mente, suas faces embaraçadas, vermelhas e redondas, seu peito enorme, suas mãos maciças, ásperas, levantando seu clarinete com delicado cuidado. E ouvia sua voz cálida.

Anna e o Homem das Andorinhas raramente acendiam fogueiras, mesmo nos meses mais frios. Quase nunca comiam algo que precisasse ser cozinhado, e, embora o calor, com frequência, tivesse sido bem-vindo, a luz resultante e a atenção que um fogo atraía quase nunca eram um sacrifício que valesse a pena. Por consequência, particularmente nos meses de verão, quando as noites são curtas, era comum eles se deitarem para dormir imediatamente ao baixar da escuridão.

Naquela noite, eles pararam junto a uma sebe que delineava o limite entre o pasto de um fazendeiro e o próximo, e depois de comerem (infelizmente aquela noite não era a noite do pão), acomodaram-se sob ela para dormir.

O Homem das Andorinhas, como de costume, simplesmente se virou e ficou quieto, mas Anna não conseguiu atingir a necessária tranquilidade da mente para seu próprio repouso.

Normalmente, sua mente era como uma praia movimentada: o dia todo, ela corria para lá e para cá, deixando pegadas, construindo morrinhos e castelos, anotando com os dedos ideias e diagramas na areia, mas quando a maré noturna chegava, fechava os olhos e deixava que cada onda de respiração rítmica limpasse o acúmulo do seu dia, e depois de não muito tempo a praia estava clara e vazia, e ela se deixava levar pelo sono.

Mas nesta noite, delineado ao luar, havia um homem em sua praia. A maré da sua respiração subiu e banhou ao redor dos seus tornozelos, mas mesmo assim reb Hirschl continuou ali, imóvel, e ela não conseguiu adormecer. Agitou-se e virou, mas nada do que fez deslocou-o do lugar onde estava.

Vá dormir.

O problema era que havia muitas coisas elementares que o judeu claramente não entendia. Intimamente, ela conhecia a sensação de sapatos inadequados, e parecia que os dele serviriam muito bem, se ele não tivesse insanamente escolhido tirar os cadarços. Era impossível que ele entendesse as graves consequências a que estava se arriscando. Além disso, ele tinha dito seu nome com descuidada liberalidade, sem se preocupar, como se não lhe custasse nada. Com a marcha possivelmente reduzida pelos sapatos soltos, e atirando o nome ao vento como se estivesse semeando sementes, seria descoberto em pouco tempo. Isso era uma certeza. E Anna sabia o que significava ser descoberto.

Vá dormir.

Isso, partindo do princípio de que ele simplesmente não se metesse em dificuldades, o que era mais do que provável. Estivera completamente alheio a Anna ao entrar na clareira naquele dia, e ela nem tinha feito qualquer esforço para se esconder. Será que ele conhecia a utilidade e o perigo das estradas e trilhas? Parecia estar claro que não. O provável é que simplesmente continuasse a vagar sem rumo, até que desse com um dos milhares de coisas no mundo que poderiam impedir as pessoas de se locomover. Ele era como um velho cego no meio de uma vasta moita de espinhos de ferro enfurecidos.

Vá dormir.

Mas ainda que, milagrosamente, conseguisse escapar a todas essas armadilhas, era mais do que provável que, de qualquer modo, acabasse se enfraquecendo e morresse num curto prazo. Era evidente que não tinha conhecimento do campo, nenhuma intimidade com raízes e plantas, e naqueles dias dificilmente alguém daria da sua preciosa provisão de comida a um judeu trôpego. Mesmo com habilidade e artifícios, Anna e o Homem das Andorinhas com frequência passavam períodos extremamente longos sem o tipo de provisões comuns a despensas e outras reservas de alimentos humanos produzidos. Qual eram suas chances? Nulas.

Simplesmente vá dormir.

Na verdade, Anna não tinha visto reb Hirschl carregando coisa alguma com ele, além do seu clarinete e da sua garrafinha. Sem dúvida, agora estaria com fome. O quanto era provável que tivesse comido no dia anterior? E a comida era a principal indulgência que ela sabia que poderia impelir uma pessoa à frente, em meio à dor de caminhar com sapatos inadequados. De fato, ela mesma, muito provavelmente, não teria conseguido avançar hoje, se não fosse incitada pela lembrança daquela ponta de pão na maleta do Homem das Andorinhas.

Esquecendo até a própria coisa, será que o pobre reb Hirschl algum dia experimentaria novamente a *expectativa* de pão, antes, como era praticamente inevitável, de ser negligentemente varrido do mundo?

A resposta a esta pergunta era clara, e pressionou Anna de tal maneira que não restava qualquer esperança de que uma respiração, por mais uniforme que fosse, pudesse induzi-la ao sono.

Então, ela abriu os olhos e se sentou.

Anna não apenas tomou uma decisão, como entendeu o que iria fazer.

O Homem das Andorinhas estava enrodilhado em sua maleta de médico, virado para a sebe, mas felizmente Anna era habilidosa, e o guarda-chuva do Homem das Andorinhas tinha caído do seu lugar costumeiro em cima da maleta. Tudo que ela precisava fazer era abrir o fecho e pegar o pão.

Não demorou muito para que tivesse a ponta do pão na mão. Agora, ela parecia terrivelmente pequena, menor do que Anna se lembrava, mas isso era principalmente em comparação com a sólida ideia de reb Hirschl em sua mente. Por um ínfimo momento, ela se perguntou se a tarefa a que se propusera chegaria a valer o esforço por uma quantidade de conforto tão insuficiente.

Mas a vida que havia construído com o Homem das Andorinhas era uma existência baseada no valor das insuficiências. Qualquer coisa era sempre melhor do que nada.

E assim, refazendo da melhor maneira possível o oposto da trajetória que haviam feito, Anna partiu da sebe para encontrar reb Hirschl, o judeu.

Se tivesse parado para pensar, saberia que o que estava tentando representava um risco terrível, que violava ameaçadoramente os princípios do Homem das Andorinhas; que poderia acabar se machucando, e até que a probabilidade de obter sucesso era ridícula, de tão pequena. Todas essas coisas estavam bem guardadas dentro da sua mente.

Mas uma criança tem o talento peculiar de existir em perfeito aconchego e felicidade, totalmente isenta da carga da antecipação. Tudo o que ela sabia era que por ali, num lugar nos bosques próximo a Lublin, havia um homem lindo a quem ela queria propiciar o gosto do pão uma última vez, antes que ele morresse.

Anna passou um bom tempo tentando se entender no bosque, e quando se virou, para verificar se continuava se afastando da sebe no ângulo certo, a sebe já não estava à vista. As únicas coisas à sua volta eram mato, campo e colina, e quando, finalmente, ela parou de esquadrinhar, frenética, o horizonte, tinha perdido completamente o senso de direção.

Não existe labirinto tão traiçoeiro quanto aquele sem caminhos nem paredes.

Imediatamente, Anna ficou apavorada. Nunca havia se sentido perdida, movendo-se nas florestas e nas planícies, porque nunca fizera isso sem o Homem das Andorinhas. Mas agora, era tão impossível descobrir para que lado ele estava quanto descobrir o paradeiro de reb Hirschl.

Mas ela conhecia a máxima do Homem das Andorinhas. Você poderia ser encontrada, se ficasse parada, e ser encontrada era o maior perigo. Melhor perdida do que achada.

Anna escolheu uma direção e começou a andar.

Mas agora estava amedrontada, e não existe explicação melhor para os próprios erros do que um medo súbito.

Se ficar parada, você pode ser encontrada. Daí, não se deduzia que se você andasse, *não* poderia ser encontrada? Era por isso que ela mesma estava andando. Qual seria a probabilidade de reb Hirschl não ter se movido? Anna e o Homem das Andorinhas tinham percorrido uma grande extensão desde o encontro com o judeu; quem poderia dizer que ele não teria feito o mesmo? E mesmo que ela conseguisse encontrá-lo, como eles achariam o caminho de volta para o Homem das Andorinhas?

E se ela topasse com reb Hirschl no meio de alguma confusão? Era claro que ele não ficaria longe disso por muito tempo. Como poderia salvá-lo do que o ameaçasse? Sem dúvida, o Homem das Andorinhas poderia ter inventado alguma espécie de esquema ou método para ajudá-lo, e ela poderia ter contribuído de algum modo, à sua maneira, mas não conseguia imaginar o que poderia fazer se um Urso ou um Lobo apontasse seu rifle para o pobre, meigo, lindo reb Hirschl.

Quando surgiram as árvores da floresta, escurecendo o horizonte, Anna agarrou-se a elas como se fosse uma boa notícia. Com certeza eram as mesmas árvores das quais ela e o Homem das Andorinhas tinham vindo, naquele mesmo dia, mais cedo. Com certeza, estava no caminho certo. A direção adiante estava à frente, e a direção para a volta estava atrás.

Numa segurança vã, Anna segurou com força seu pedaço de pão junto ao peito, tentando esboçar um sorriso, e seguiu trotando em direção às árvores.

De início, enfrentou o mato com urgência, movendo-se rapidamente por entre os ramos grossos das árvores. Por necessidade, no entanto, começou a corrigir sua marcha lentamente, em gradações mínimas, para contornar arbustos e troncos, e não demorou muito a perceber o grande desafio que era manter o percurso em direção reta, numa floresta sem trilhas. Não tinha se preocupado em notar a posição da lua ou das estrelas, ao se abaixar por sob os galhos mais baixos, mas, mesmo se tivesse, a cobertura era tão frondosa aqui que lhe impossibilitava uma ajuda do alto. Quase nenhuma luz se infiltrava até ela. Não conseguia enxergar claramente o que havia à sua frente, ou atrás, ou de qualquer um dos lados. Tentou apoiar os pés com cuidado, um após o outro, mas com frequência também não conseguia ver claramente o que havia embaixo dela, e muitas vezes pisava numa raiz ou num galho caído, e seu barulho desajeitado parecia encher a floresta.

Anna tentou não pensar no quanto ela seria evidente para coisas com olhos noturnos e maxilares fortes.

Cada passo a mais era um terror.

Cada respiração era uma traição, que ecoava alto.

Podia sentir cheiro de queimado e de fumaça no vento. Sentiu vontade de sair do meio das árvores; teria optado pelo simples retorno à sebe, abandonando seu objetivo, se pudesse voltar para um lugar seguro, mas até isso era impossível, agora. O caminho de volta era tão obscuro quanto o caminho em frente.

Anna parou e se sentou no chão. Em parte, desejava pensar que talvez lhe bastasse ficar ali, simplesmente sentada e em segurança, até o nascer do sol; mas, por outro lado, com igual força, questionava se o sol chegaria a surgir nesses bosques escuros.

E então, atrás dela e à sua esquerda, algo se moveu.

Antes que tivesse tempo para pensar, Anna já estava de pé e correndo. Nada é tão aterrorizante quanto um movimento inesperado no escuro, e agora ela podia ouvir, vindo rapidamente atrás dela, pés que a perseguiam, avançando com facilidade. Anna esforçou-se à frente com tudo que tinha, mas não podia escapar ao som de pernas compridas que pareciam cercá-la para onde quer que virasse. Correu na maior velocidade, uma das mãos estendida à frente para repelir os galhos que arranhavam seu rosto, desejando com toda fé que alguma espécie de salvação despencasse das copas das árvores como um milagre, e a carregasse para longe, antes que dentes grossos e afiados penetrassem em sua pele, no ombro ou calcanhar. Mas seu pé enroscou-se em algo escondido no chão, e ela tropeçou, o pão agarrado junto ao peito, os dedos se enterrando em sua casca dura, e caiu com força no chão.

Assim que caiu, o som de pés ágeis atrás dela emudeceu.

No silêncio súbito, a distância, ouviu uma risada abafada, o som de um instrumento de corda, música. Aqui, o cheiro de queimado era mais forte, e, de um ímpeto, o coração de Anna se encheu de esperança. Devia haver gente por perto.

Os seres humanos são a melhor esperança do mundo para a sobrevivência de outros seres humanos.

Ao longe, além das árvores, pensou ter visto um vago brilho laranja de fogo, e se levantou, pronta para correr novamente, quando ouviu uma voz.

– Anna – dizia, e seu coração congelou-se sólido, como a terra no inverno.

Então, entre as árvores, um fósforo reluziu numa vida minúscula, e na súbita iluminação bem acima dela, Anna viu os traços escuros do Homem das Andorinhas.

– Anna – ele disse. – Pare.

* * *

A última coisa que Anna queria fazer era chorar. Cada músculo do seu rosto doía.

– Aonde você estava indo?

O fósforo cintilou sob o rosto inexpressivo do Homem das Andorinhas, ameaçando a todo momento se apagar. Anna teria preferido muito mais que ele erguesse a voz por uma vez, que gritasse e ficasse furioso, mas, quando ele voltou a falar, sua entonação era uniforme e controlada como o fora na primeira vez.

– Aonde você estava indo?

Anna não respondeu.

Assim que o Homem das Andorinhas estendeu à frente sua longa mão aberta e vazia, a chama do fósforo que estava na outra estremeceu e morreu numa minúscula coluna de fumaça. Na escuridão, ela colocou a ponta do pão na mão do Homem das Andorinhas e, em silenciosa escuridão, começou a chorar.

– Você vai me contar aonde estava indo? – perguntou o Homem das Andorinhas no escuro, pela terceira vez.

Anna fez o possível para manter o som das lágrimas longe da sua voz, esforçando-se para mantê-la tão equilibrada quanto havia sido a do Homem das Andorinhas.

– Você não sabe?

– Claro que sei – disse o Homem das Andorinhas. – Mas preciso que você me conte.

Para Anna, isso pareceu crueldade.

– Por quê? – perguntou, sua voz aproximando-se demais, para o seu gosto, do tremor da angústia.

– Porque – disse o Homem das Andorinhas – preciso saber se você pensava que estava voltando para o judeu ou se afastando de mim.

Se Anna tivesse podido ver o rosto impassível do Homem das Andorinhas, poderia não ter sentido tão visceralmente a força da tristeza nessa pergunta. Ela não tinha pensado em como o Homem das Andorinhas poderia se sentir ao acordar e notar que ela havia partido, mas essa não era uma omissão específica. Ela não tinha pensado em geral.

– Eu não estava me afastando de você – ela disse, e, por mais que se esforçasse, sua angústia aprofundou-se com a ideia de que o Homem das Andorinhas pudesse até mesmo considerar esta possibilidade. – Eu não estava.

– Ah – disse o invisível Homem das Andorinhas –, mas estava. Não importa o que você pretendesse fazer, a distinção existe apenas em palavras. Em direção a ele é o mesmo que longe de mim. É apenas por um truque de linguagem que podemos dizer uma coisa e não a outra.

Anna quis protestar, mas não conseguiria conter as lágrimas tempo bastante.

– Você me entende?

Anna não conseguiu responder.

Por um instante, o Homem das Andorinhas deixou que chorasse em silêncio, e então disse:

– Anna, se eu acordar e você tiver me deixado novamente, não vai me encontrar. Vou fazer questão disso. Está me entendendo?

A escuridão era de uma densidade impenetrável, mas Anna, esquecendo a si mesma, concordou com um gesto enérgico de cabeça. Teria dito que sentia muito – sentia mesmo –, mas sua voz ameaçava explodir em fragmentos, se a deixasse à solta.

Um leve suspiro adentrou o mundo, vindo da direção do Homem das Andorinhas, bem acima dela, e ele disse:

– Conte-me *por que* você foi.

O canto da escuridão onde o Homem das Andorinhas estava escondido pareceu tão retesado em seu silêncio que ela teve medo de que pudesse se romper.

Em algum lugar, podia ouvir homens cantando em grupo.

A pergunta do Homem das Andorinhas pareceu cruel e injusta, como uma armadilha. Ele sabia aonde ela estava indo. Não sabia, então, o motivo? Não poderia imaginar, ele que sabia onde encontrar toda coisa nutritiva no mundo, como passar por cada ameaça em segurança, que carregava sabedoria em uma das mãos e perigo na outra, como seria possível que não soubesse? E se sabia tudo isso, de que servia perguntar a ela?

Anna não teve certeza se o Homem das Andorinhas voltou a falar, ou se foi a cálida brisa da noite que sussurrou, *Por quê?* logo acima dela. Tentou se controlar, manter a calma, mas, assim que abriu a boca, as lágrimas redobraram.

– Por quê? – A princípio sua voz tremeu, e logo ela estava soluçando. – Por quê? Pensei que soubesse! Porque ele é bom, gentil e tolo! Porque está sozinho, e não sabe o suficiente para ter medo! Porque ainda vejo seu rosto, seu peito e suas mãos quando ele está longe! Porque ele sabe rir, Homem das Andorinhas! Porque ele não é como você!

A esta explosão seguiu-se um instante de silêncio reverberante, que não era tenso como um músculo contraído, mas desolado.

E então: – É – disse o Homem das Andorinhas. – Entendo.

Quase que sem querer, Anna deixou que um leve tremor se desprendesse dela na escuridão.

– Não diga que entende a não ser que entenda de fato.

Anna ouviu o Homem das Andorinhas soltar o ar pelo nariz.

– Entendo – ele disse com convicção, e, apesar da frustração que sentia, Anna não pôde deixar de acreditar nele, por causa do timbre cansado e desgastado da sua voz.

O choro de Anna não diminuiu conforme o Homem das Andorinhas a levou delicadamente para longe das árvores, adentrando o doce luar. Juntos, eles atravessaram um campo desconhecido a uma pequena distância um do outro. Se Anna estivesse no seu juízo perfeito, poderia ter notado um aspecto diferente no andar do Homem das Andorinhas, um traço lento, de certo modo difuso, mas, naquela situação, as lágrimas toldavam o mundo à sua volta numa quase completa obscuridade.

Logo, eles chegaram a uma velha cerca de madeira que atravessava o pasto ao acaso. Já fora branca, mas toda a tinta há muito descascara e saíra, e agora a madeira parecia estar com problemas para decidir se era marrom ou cinza. Depois de um tempinho caminhando ao longo de sua extensão, eles encóntraram um portão. Fora trancado por mãos antigas, e, mesmo que eles removessem a fechadura, era óbvio que as dobradiças manteriam o portão fechado com sua ferrugem.

Em seu pequeno peito, cansado, sofrido, Anna se perguntava qual seria a diferença entre um portão daqueles e o restante de cerca no qual ele havia sido instalado.

Foi a essa altura, parado com Anna em frente a um portão sem serventia em uma antiga barreira, que o Homem das Andorinhas tomou sua decisão. Passou Anna com facilidade para o outro lado da cerca, e então, sem esforço, atravessou-a de um pulo, indo se juntar a ela.

Em poucos minutos eles chegaram ao trecho exato da sebe sob o qual tinham originalmente se instalado. Isto ficou claro porque, na pressa para ir à procura de Anna, o Homem das Andorinhas deixara de recolocar seu comprido guarda-chuva sobre a maleta de médico. Ele ainda estava ali onde havia caído, precisamente na mesma posição, aninhado entre as raízes do arbusto.

Exausta de sua caminhada à meia-noite e do fardo pesado dos seus soluços, Anna rapidamente adormeceu.

Assim que o alvorecer começou a se infiltrar na imensidão negra da noite, Anna acordou.

Estava só.

Sem ninguém por perto.

Não havia maleta, nem guarda-chuva à vista.

Sozinha sob os arbustos, Anna Lania permitiu que uma torrente de lágrimas a levasse de volta a um sono vazio, para o esquecimento.

Padrões de migração

Anna foi acordada pelo som de algo muito próximo à sua cabeça. Rangia e estalava como um mecanismo de metal que não estava lubrificado. Antes mesmo que abrisse os olhos, todo o seu corpo estava tenso. O Homem das Andorinhas havia lhe ensinado o perigo dos ruídos mecânicos, e embora ele tivesse ido embora, ela ainda acreditava de todo coração na verdade de todos os seus ensinamentos. O som de uma máquina em lugar inesperado poderia muito bem ser associado a uma máquina de produzir mortos.

Mas então, na exata posição de onde o som de estalido viera, Anna ouviu um assobio sonoro e um rufar de asas, e, ao abrir os olhos, deu com a visão de um estorninho solitário remexendo-se para lá e para cá na vegetação luminosa da primavera.

No entanto, não foi essa visão que lhe causou uma alegria tão avassaladora.

Ali, deitado à sua frente, enrodilhado no lugar exato de onde se fora à noite, estava seu alto, sábio, lindo e apavorante Homem das Andorinhas. Um suspiro trêmulo escapou dos lábios de Anna.

E então ela viu: esparramado além do Homem das Andorinhas, mal tendo um sexto do seu corpo debaixo da sebe, de boca aberta, a bota esquerda pendurada pelos dedos e o clarinete seguro com firmeza, estava o lindo, feliz, radiante reb Hirschl, roncando com vontade.

Enquanto, na noite anterior, seu corpo sacudira tanto com seus soluços que ela pensara que fosse se desfazer, agora Anna valorizava suas lágrimas como se fossem uma borboleta de azul profundo, voando no pequeno e ensolarado frasco do seu peito.

Quando, finalmente, desviou o rosto da visão do judeu, descobriu que o Homem das Andorinhas estava acordado, olhando para ela. Isto não a surpreendeu. Há muito chegara à conclusão de que cada momento da sua vida estaria acessível à sua observação. Mas ela mal conseguia ter fôlego suficiente para falar.

– Por quê? – quase não disse.

O Homem das Andorinhas usou sua flexibilidade para sair de debaixo da sebe, e se ajeitou numa posição sentada.

– Porque sim – disse. – Assim como é impossível dizer "Eu estava indo em direção ao judeu" sem dizer "eu estava me afastando de você", da mesma maneira é impossível dizer "margem do rio" sem dizer "rio".

Anna aquiesceu.

– Eu tinha me esquecido do fato de que a sobrevivência por si só não é suficiente para sustentar cada vida igualmente.

Anna pensou que ele poderia estar se preparando para pedir desculpas, mas justo então reb Hirschl soltou uma fungada ensurdecedora, e mudou de posição no sono.

– Deus nos ajude – murmurou o Homem das Andorinhas.

– Obrigada – disse Anna. – Obrigada.

Foram apenas suas faces doloridas que finalmente a fizeram perceber que estava sorrindo.

O Homem das Andorinhas não respondeu, mas começou a se preparar para partir. Estava totalmente pronto para a caminhada diária quando, quase como uma lembrança tardia, esticou a ponta do pão. Anna pôde ver onde seus dedos curvados o haviam penetrado à noite.

– Tome – disse. – Ele insistiu para que fosse seu.

Não havia ausência de julgamento nesta afirmativa, e Anna preferiu que fosse assim. Só porque queria reb Hirschl junto a ela, de maneira alguma isso significava que quisesse menos o Homem das Andorinhas, ou que ele fosse totalmente diferente.

Reb Hirschl acordou devagar, e apenas por insistência do Homem das Andorinhas, mas no momento em que suas pálpebras se abriram, o mesmo também aconteceu com suas faces de maçã.

Anna nunca havia sentido uma gratidão tão exagerada em nenhum "muito obrigado" em nenhuma língua. Reb

Hirschl pronunciou a expressão como uma reza, e depois disso, durante meia hora, Anna não conseguiu falar por constrangimento.

Apesar da ligação de Anna entre eles, o Homem das Andorinhas e reb Hirschl revelaram-se profunda e constitucionalmente opostos. Era raro algo que o judeu fizesse que não parecesse ofender a sensibilidade do outro.

O Homem das Andorinhas preferia segmentações definidas em todas as coisas, mas principalmente em comunicação: quando falava, falava, e quando não, caminhava em silêncio. Reb Hirschl, mesmo sóbrio, andava numa nuvem de pequenos ruídos. Cantarolava com a boca fechada, ou cantava quando não estavam conversando, falava consigo mesmo, murmurando pequenas frases em iídiche ou hebraico, dando risadinhas, às vezes rindo abertamente enquanto seguia, as botas soltas nos calcanhares. Para Anna, isso era um prazer, mas, para o Homem das Andorinhas, era bastante desagradável, e frequentemente se tornava odioso. Em seus momentos mais temperamentais, não era difícil perceber que, para ele, reb Hirschl era profundamente intolerável.

Embora o problema mais aparente fosse, talvez, o barulho, dificilmente essa era a única maneira com que o judeu incomodava o Homem das Andorinhas. Anna e ele haviam se especializado em fazer bom uso de cada resto ou pedacinho de comida que encontravam: um grão de sal caído na terra, um resíduo de óleo na ponta de um dedo, nada escapava por muito tempo às suas bocas. Por outro lado, quando reb Hirschl comia, metade da sua comida ficava na barba. Talvez isso fosse perdoável, como uma ineptidão, mas quando resultava de uma óbvia combinação de entusiasmo e descuido, induzindo-o a cantar uma pequena toada sobre a limpeza das migalhas, começava a irritar.

Anna e o Homem das Andorinhas tinham se acostumado a encher a barriga de comida duas vezes por dia, quando acordavam e antes de se deitar, e no meio-tempo andavam sem parar. No entanto, agora, toda manhã ao acordar (fosse quem fosse o primeiro) a primeira coisa que viam era reb Hirschl já de pé, rezando em silêncio, o corpo balançando-se para frente e para trás na altura da cintura, as palmas das mãos viradas ligeiramente para fora e para cima. Rezava como cantava, olhos bem fechados, os lábios movendo-se rapidamente pelas palavras das suas orações, a respiração indo e vindo.

Logicamente, não importava a hora em que ele se levantasse, ainda haveria uma problemática quantidade de orações a serem feitas antes de ele estar pronto, e não havia nada que o Homem das Andorinhas suportasse menos do que a inatividade, quando queria ir andando. Como se isso não bastasse, reb Hirschl insistia em parar ao meio-dia para uma segunda rodada de orações. Rezava pela terceira vez à noite, antes de dormir. Com frequência, Anna adormecia, enquanto ele ficava ali, naquela postura de olhos fechados, murmurando, e se ela não soubesse das coisas, poderia pensar que ele passava a noite toda rezando.

Mas apesar dessa complicada devoção religiosa, a maior parte do tempo de reb Hirschl não era gasta rezando, e sim caminhando.

No entanto, ele decididamente era um tipo de caminhante diferente do Homem das Andorinhas. Enquanto o Homem das Andorinhas poderia discorrer e instruir enquanto andava, ou, como sua única alternativa, poderia permanecer num silêncio completo, reb Hirschl tinha uma gama imensa, variável e deliciosamente errática de diversões, enquanto caminhava.

A mais comum, logicamente, era a canção, e não demorou muito para que começasse a ensinar a Anna algumas de suas pequenas melodias sem letra, de modo que ela pudesse cantar junto com ele. De longe, a preferida dela era uma cançãozinha breve, em duas partes, que reb Hirschl tinha imaginado girar sobre si mesma. A certa altura do progresso dos dois, ela podia recomeçá-la, e eles cantavam juntos, suas notas, frases e peças interligando-se numa harmoniosa melodia dupla. Anna amava fazer isto a tal ponto que nem percebia a exasperação do Homem das Andorinhas ao ser submetido aos mesmos trinta segundos de música, vezes sem fim.

Em alguns percursos longos, reb Hirschl dedicava seu tempo à invenção dos trocadilhos e enigmas mais idiotas e pueris para atrair a atenção de Anna (– Veja! Veja! Sem graça que esgarça de graça. Está vendo? Garças!), e cada um deles provocava nela uma reação de protesto e desdém mais exagerada do que o anterior. Apesar disso, ficava completamente deliciada com eles, embora não o demonstrasse. Não é preciso dizer que o Homem das Andorinhas não compartilhava minimamente dessa satisfação.

Em algumas ocasiões (geralmente no meio da tarde, quando eles estavam no auge do cansaço e da fome, e tendiam a mergulhar em períodos de marcha silenciosa), reb Hirschl simplesmente jogava a cabeça para trás, rosnava com toda a força dos seus pulmões e saía no encalço de Anna, que guinchava e corria inutilmente, até que ele a agarrava, a jogava sobre o ombro e lhe fazia cócegas até ela se engasgar de tanto rir e as lágrimas lhe virem aos olhos. Conseguido isso, ele a colocava de volta no chão, sem fôlego, e prosseguia como se nada tivesse acontecido.

Talvez o que impedisse o Homem das Andorinhas de desfrutar de alguma maneira desses rompantes fosse simplesmente a teimosia, mas, mesmo assim, ele se encolhia todas as vezes que o som da presença deles ecoava para além das colinas, e frequentemente nesses dias, Anna o pegava esquadrinhando o horizonte compulsivamente, à procura de indícios de que alguém os estivesse seguindo.

Um inalterado hábito de reb Hirschl era expressamente desaprovado pelo Homem das Andorinhas, embora ele nunca tivesse desperdiçado sua energia para combatê-lo; reb Hirschl bebia. Por sorte, não havia grande suprimento de álcool disponível nas matas da Polônia, e, mesmo que tivesse tido acesso à bebida, reb Hirschl poderia ter percebido que sua inclinação por essa indulgência estava decrescendo. Por sua própria natureza, a bebida é um excesso que não acrescenta nada, apenas tira. Reb Hirschl era um homem que acreditara razoavelmente que uma boa quantidade dos seus problemas poderia ser resolvida com criteriosas ausências, mas quanto mais tempo passava sob a leve influência de Anna, mais passava a sentir como se uma espécie de reconstrução pudesse ser preferível à demolição em larga escala oferecida por uma garrafa perpetuamente esvaziada.

Por mais que reb Hirschl possa ter se beneficiado da influência de Anna, isso certamente não aconteceu em relação à do Homem das Andorinhas. Talvez Anna tivesse sido ingênua. Ela não inferiu que os dois homens fossem acabar se tornando os melhores amigos – na verdade, esse foi um dos motivos de reb Hirschl tê-la atraído tanto –, mas pensou que, como uma extensão de si mesma, o Homem das Andorinhas assumiria reb Hirschl da mesma maneira que fizera com ela, ensinando-lhe como rastejar pela floresta, que plantas eram comestíveis, como se tornar alguém diferente de si próprio; em resumo: todos os comportamentos da estrada. Mas o Homem das Andorinhas manteve as portas firmemente fechadas para o judeu, e reb Hirschl permaneceu, apesar de todos os desejos de Anna, à parte de "nós", no senso prático e em Estrada.

Mais de uma vez, em pequenas demonstrações de – na falta de uma palavra melhor – negligência por parte do Homem das Andorinhas, Anna quis se manifestar: – Por que – queria dizer –, por que você não mostra a ele o jeito certo? Por que o deixa de fora? Por que tem tanta antipatia por ele?

Mas falar contra o Homem das Andorinhas, referir-se à existência de um cofre de conhecimento, sabedoria ou benefício na presença de uma pessoa a quem ele, explicitamente, escolhera não revelar, seria sem dúvida uma traição.

Apesar de tudo isso, ou por causa de tudo isso, o afeto de Anna por reb Hirschl só cresceu, e ela passava o máximo de tempo que podia caminhando em sua companhia, distraída com seu mundinho tolo e encantador.

Pouco a pouco, os dois começaram a matizar com palavras suas canções de caminhada. O primeiro verso (Ufa, ufa, como andei) saiu de reb Hirschl um dia, perto do crepúsculo, e nas rodadas seguintes, ele e Anna cantaram a música toda (com um entusiasmo renovado, a plenos pulmões) com esta única frase. Em pouco tempo, tinham uma estrofe:

Ufa, ufa como andei
passo a passo, em meu caminho
aonde vamos, eu não sei,
mas não vou andar sozinho.[1]

Era bobagem, tolice, mas quanto mais tempo Anna passava na mente de reb Hirschl, mais veio a entender a sabedoria simples de tal bobagem. Se você resolveu carregar o fardo pesado do mundo todo pelos campos e florestas da Polônia, a única maneira é cantá-lo em termos leves.

---
[1] Schlep, schlep, schlep, schlep,/ walking, walking, step by step./ Where we're heading, I don't know,/but schlepping, schlepping, here we go!

Os dois estavam em vias de criar uma segunda estrofe juntos (ainda tinham que decidir que palavras sempre incluiriam o "ufa"), quando um dia, ao meio-dia, no meio de um vasto trigal crescido, Anna fez sua primeira contribuição ao projeto. Até então, reb Hirschl nunca havia deixado de submeter suas novas letras à sua aprovação, e eventualmente ela podia sugerir um ligeiro aperfeiçoamento, mas até aquele momento no trigal ela nunca trouxera nada de sua própria invenção.

– Ufa, ufa, lá e cá – eles cantaram – dia e noite até deitar.

Aqui, reb Hirschl pretendia soltar vários "ufas!" enfáticos a mais, mas ao ouvir Anna ao seu lado, parou, e ela cantou seus versos, sozinha:

Se seguirmos sem destino nossa marcha,
pelo menos, assim, ninguém nos acha.

Anna continuou caminhando, mas reb Hirschl deu uma parada.

– Anna, isso foi muito bom.

Ela parou e olhou para ele por sobre o ombro, os olhos desconfiados.

– Não caçoe – disse.

– Não estou caçoando – disse reb Hirschl. – Foi mesmo muito bom.

Anna mostrou a língua e saiu correndo.

Para desânimo do Homem das Andorinhas, Anna e reb Hirschl estavam ficando cada vez mais próximos, como as duas abas de um sapato sendo presas por um cadarço. Em algumas noites, quando achava que ela estava dormindo, reb Hirschl estendia levemente sua mão quadrada sobre o cabelo de Anna e fazia uma pequena oração por ela. Esta bênção periódica era o único destaque visível da tensão silenciosa que se desenvolvia no espaço acima da cabeça da menina; era uma prece tradicional, rotineira, feita para ser ministrada pelos pais aos filhos uma vez por semana. Reb Hirschl estava ciente de que, sem o mínimo pudor, fazia isso na presença do pai dela.

Fazia algum tempo que ele viajava com Anna e o Homem das Andorinhas, quando finalmente ela começou a notar a peculiaridade do padrão dessa viagem. Em ocasiões passadas, ela e o Homem das Andorinhas tinham refeito seus passos pelo mato, voltando atrás no caso de um obstáculo intransponível ou de uma oportunidade perdida, mas em geral suas rotas nunca se repetiam. Agora, na companhia de reb Hirschl, a trilha percorrida parecia descrever um vago arco que cruzava sobre si mesmo.

Reb Hirschl não parecia perceber isso, mas Anna sabia que aquilo não estava certo. Era algo indolente, como se estivessem marcando passo, e, acima de tudo, temia que o Homem das Andorinhas acabasse perdendo a pista do seu pássaro ameaçado. Anna continuava atenta a ele, sempre que isso lhe vinha à mente, desesperada por um vislumbre, mas ainda não o vira.

Anna resolveu procurar uma oportunidade para conversar com o Homem das Andorinhas em particular. Quisera fazer de reb Hirschl um deles, mas se havia algo acontecendo era reb Hirschl continuando o mesmo, enquanto eles estavam se tornando mais parecidos com ele, e, embora ela não fosse verbalizar o problema publicamente, parecia sério demais para continuar ignorando-o.

No final, no entanto, o problema encontrou sua própria solução.

O Homem das Andorinhas conhecia o sono normalmente leve de Anna, então, quando falou naquela noite, foi com gentileza e baixinho.

– Terminou? – perguntou.

Reb Hirschl havia acabado de desfazer sua postura de oração. Sua fervorosa devoção o deixava com facilidade, como se fosse poeira.

– Sim, terminei. Por quê? Você quer aprender algumas orações? Normalmente, vocês estão dormindo quando eu...

– Hirschl, amanhã vamos cruzar os limites da Alemanha.

– Ah. – Isso interrompeu a alegria de reb Hirschl antes mesmo que ela pudesse se instalar em sua plenitude. – Então, você decidiu parar de andar em círculos?

Fez-se um silêncio, e então o Homem das Andorinhas disse: – Sim.

– Bom – disse reb Hirschl –, isto é uma bênção. Estava achando tudo isso estranho, ficar andando em círculos, mas o que sei eu?

– Na melhor das circunstâncias, é perigoso cruzar as fronteiras da Alemanha – disse o Homem das Andorinhas – e estas, Hirschl... Estas não são as melhores circunstâncias.

– Claro, isto é verdade – disse reb Hirschl sabiamente. – Com certeza, você está certo.

Por um momento o Homem das Andorinhas não falou, e tudo o que se ouviu foi o som dos insetos da noite e das variações da floresta. Em algum lugar a distância, em algum povoado longínquo, quase além dos limites do audível, um cachorro latia.

– Normalmente – disse o Homem das Andorinhas –, quando íamos cruzar a fronteira, minha filha e eu atravessávamos por um posto de controle regularizado, correndo o mínimo de risco e atraindo o mínimo de atenção possível.

Reb Hirschl pareceu assimilar essa informação, e depois, inalando sofregamente pelo nariz, partiu rapidamente em outra direção.

– Andei pensando – disse. – Me diga: que tipo de homem nunca olha por sobre o ombro quando leva um filho para dentro da floresta? E que tipo de homem tem comida insuficiente para alimentar uma única pessoa, e mesmo assim a divide em porções meticulosamente iguais quando uma das três barrigas famintas é de um filho seu?

O Homem das Andorinhas não respondeu.

O silêncio da noite foi quebrado por uma risadinha abafada.

– Entendo – riu reb Hirschl –, o senhor deve estar com fome. Mas não deveria, ao menos, me fazer um resumo?

– Você se lembra – perguntou o Homem das Andorinhas impassível – de quais foram as condições para se juntar a nós?

Reb Hirschl franziu o cenho e concordou com bom humor.

– O senhor me disse que eu estava moralmente obrigado a não lhe fazer perguntas, e acho que lembra que eu disse que não poderia fazer tal promessa. Mas não mude de assunto. Hesitei em perguntar, senhor, mas o homem que se comporta dessa maneira é o tipo de homem que não ama sua filha?

Reb Hirschl deixou a pergunta em suspenso por um instante, antes de prosseguir:

– Bom, acho que isto é possível, mas então, tal homem aguentaria com tanta paciência os barulhinhos irritantes de um sujeitinho desagradável como eu, só porque sua filha se afeiçoou a ele?

"Não, acho que não. Este homem não é um homem que não ama sua filha. Acho que é um homem que ama demais a garotinha... a quem ele *chama* de filha."

Houve mais um intervalo, agora mais longo, mas este feito pelo Homem das Andorinhas. Ele ficou completamente quieto, permitindo que as reflexões de reb Hirschl flutuassem indolentemente para o céu. Voltou a falar apenas quando elas já tinham se desfeito totalmente, como se a digressão do judeu nunca tivesse acontecido.

– É difícil passar pelo posto de fiscalização alemão sem ser notado...

– Quando se viaja – disse reb Hirschl – com *einem jude*?

A conversa entre eles havia sido uma pilha de cascalhos alemães e iídiches, todos misturados, escorregando numa direção, depois em outra, imprevisivelmente, mas reb Hirschl pegou essas duas palavrinhas redondas, suaves como seixos, especificamente do alemão, e as estendeu para o Homem das Andorinhas na palma aberta da sua mão quadrada.

– É – disse o Homem das Andorinhas.

Era tão raro acontecer de reb Hirschl deixar de falar que quando isso acontecia causava uma séria impressão.

– É claro que existe outra possibilidade – disse, finalmente, o Homem das Andorinhas. – Não longe daqui há uma brecha na fronteira. Não sei por quanto tempo permanecerá aberta; os alemães parecem estar se juntando com certa velocidade. Mas se formos rápidos, existe uma pequena chance de conseguirmos atravessar por lá.

– Hã – disse reb Hirschl.

– Este é nosso plano, por enquanto.

– Ah – disse reb Hirschl.

– É claro que se formos vistos, atirarão em nós três. Por outro lado, no posto de fiscalização...

– Por outro lado, no posto de fiscalização, só *eu* seria certamente morto.

O silêncio, agora, era algo incerto, e por um longo período não ficou claro a quem caberia falar a seguir.

– Não sei ao certo por quanto tempo vocês andam viajando – disse, por fim, reb Hirschl –, mas até recentemente eu estava no gueto de Lublin. Sei quem é morto e por quê, e sou eu, por nenhum motivo em particular.

– É – disse o Homem das Andorinhas.

Com um tilintar e um zunido, reb Hirschl tomou um gole da sua bebida em sua garrafinha de vidro e disse:

– Tome. Beba um pouco de vodca. Está servido? Podemos brindar a meu desaparecimento iminente.

– Não quero beber, nem vê-lo morrer, Hirschl – disse o Homem das Andorinhas. – Só achei que você deveria saber...

– Eu sei. Ah, se sei – disse reb Hirschl, e então: – Tem certeza de que não quer um pouco de vodca? Até agora ela nunca me decepcionou.

– Isso é porque a primeira vez que o decepcionar, também será a última. Não vou perder a lucidez no momento em que o mundo está deste jeito.

Reb Hirschl riu.

– Tem razão. Você está procurando o outro lado dessa coisa toda, dessa guerra, desse mundo, dê o nome que quiser. Quanto a mim, não tenho certeza de que exista outro lado. E se o mundo agora é desse jeito, bom, quero que tenha um pouco de vodca, de música e alguns idiotas.

A vodca na garrafa zuniu e tilintou uma segunda vez quando reb Hirschl umedeceu os lábios. Ao falar novamente, sua voz de tenor havia mudado, e, se antes ele falara com suavidade e brilho, bem consciente do humor sob suas palavras, agora falava num timbre quente e melancólico, sem reservas, como que através do seu clarinete.

– A menina – disse – é muito meiga, sr. Sem Nome. Incrivelmente boa. E o senhor lhe ensinou muito bem como sobreviver. Tenho que ser honesto e dizer que não tenho muita certeza de minha opinião a *seu* respeito, mas não tenho dúvida de que seja um homem bom, e, se penso assim, é por causa dela.

O Homem das Andorinhas ficou calado.

– É divertido estar com ela, quase me faz vê-lo da maneira como ela o vê. Esta é a diferença entre ser uma menininha e um adulto: ela não percebe que o senhor *tem* um nome, que tudo o que faz é uma camada de proteção, como se ela estivesse seguindo uma armadura vazia.

O Homem das Andorinhas permaneceu quieto. Quando reb Hirschl voltou a falar, tinha recuperado seu tom estridente.

– O senhor deve ser um homem muito interessante, seja quem for. Adoraria ouvir suas histórias, sabe? *Conversar* de verdade.

Reb Hirschl dispensou essa ideia fantástica com um aceno da sua mão larga e aberta.

– Não, sei que o senhor não vai me contar nada, e talvez seja melhor assim, talvez seja isto que faça a coisa toda funcionar, este fingimento, mas isso não me impede de querer saber. Tenho que ser honesto, não faço a *menor ideia* de quem o senhor seja debaixo disso, de quem seja a criaturazinha, puxando todos os cordões desse boneco gigante vestido de armadura. A única coisa que sei é que seu iídiche é bom demais.

"Mas ouça. Eu? Não tenho medo de me dar a conhecer. Deixe-me lhe contar uma história. Posso lhe contar uma história?"

Agora, reb Hirschl respirava lentamente pelo nariz, segurando o ar por um momento, antes de falar.

– Há algumas semanas eu estava no gueto de Lublin. Estamos todos lá agora, os judeus de Lublin, os que não foram removidos, ou descartados, e é um lugar sórdido, sujo, horroroso, sem comida o suficiente, com a Morte rondando, provocando para que você olhe nos seus olhos. Mas! Ainda há pessoas por lá, e onde há pessoas, há reuniões, ainda que sejam ilegais. E onde há reuniões, com certeza há duas coisas: música e álcool.

"Isto faz de mim um homem de sorte, e em dois aspectos. O primeiro: adoro música, e a executo bem, o que significa que é improvável que eu não seja convidado para muitas reuniões. O segundo? Adoro bebida quase tanto quanto adoro música, e quando uma pessoa faz boa música, seu copo não fica vazio por muito tempo.

"Nem mesmo me lembro da razão por que saí. Talvez estivesse num intervalo, mijando, resolvendo alguma coisa ou verificando se as estrelas ainda estavam no céu, mas quando passei pela porta, alguém me colocou esta mesma garrafa de vodca na mão. Não era a primeira vez naquela noite, fique sabendo, que a minha mão segurava uma garrafa e eu saí aos tropeços por aquela porta com meu clarinete nesta mão e minha vodca nesta.

"Não me lembro de quem era a reunião, se tinha um propósito específico, ou se era simplesmente para ridicularizar o *das Große Reich*, mas me lembro de onde foi. Lembro-me de que se você virasse a cabeça para a esquerda ao sair pela porta da frente, podia claramente ver o portão Grodzka. Bom, virei a cabeça para a esquerda, e dá para acreditar? Não havia ninguém ali. Nem um único guarda ou soldado. Estava aberto. Simplesmente aberto.

"Tive muito tempo para pensar, desde então, enquanto você não falava comigo. Pergunto-me se teria ido se estivesse sóbrio. Acho que não. Mas eu *não estava* sóbrio. Estava pra lá de bêbado, e isso significava que só percebi que o que eu estava fazendo era um convite à Morte quando já ia a meio caminho andado.

"Estava debaixo do arco, no escuro, quando me dei conta do que estava fazendo. Foi a minha bebedeira que me deu um empurrão para começar a andar, mas não estaria sendo sincero se dissesse que não tive que tomar uma decisão consciente para continuar.

"Disse a mim mesmo: – Ande.

"Inúmeras coisas me disseram para voltar:

"– Com certeza você vai ser morto.

"– Ande – eu disse.

"– Mas a vodca não é sua. Não é certo levá-la.

"– Ande.

"– Você deixou seu estojo e todas as suas palhetas-reserva no apartamento. Como é que espera...

"– Ande.

"E então eu andei. E fui embora. E de alguma forma me vi saindo do gueto, da cidade, até chegar à floresta. Mesmo quando o sol nasceu e percebi que não tinha comida, nem água, e que minha única palheta estava rachada, mesmo assim, continuei andando. Andei o tempo todo, sempre.

"Agora, por que estou lhe contando esta história? Porque acho que por ela o senhor vai entender minha bravura, ou minha grande autodeterminação? Não. Não me iludo a ponto de pensar que sou tão corajoso. Estava bêbado, e sei que homens como o senhor são certamente mais corajosos, mesmo sóbrios, do que eu, mesmo bêbado.

"Será que talvez eu lhe conte esta história para convencê-lo de que posso passar despercebido pelos alemães? Não. Sou idiota, sem dúvida, mas não tanto a ponto de pensar que se pode confiar num golpe de sorte absurdo para um planejamento futuro. Não, reb Ninguém, conto-lhe esta história porque quero que entenda que sou um homem que caminha onde há estrada, não importa para onde ela vá, e onde não há estrada, caminho pelo mato.

"Muitos homens encontram a morte antes da hora designada, e sabe por quê? Eles param de andar. Eu não paro de andar.

"Então, com gratidão pela sua hospitalidade (se é que se pode chamá-la assim) e por compartilhar sua comida, direi que, quer o senhor me aponte em uma brecha nas linhas alemãs, quer me aponte num posto de fiscalização regularizado, caminharei. Até cair."

O Homem das Andorinhas ficou calado. Reb Hirschl deu um gole na vodca, e quando voltou a falar foi com uma alegria etérea que teria parecido o oposto se não fosse tão cheia de entusiasmo.

– Então, o senhor tem sua menina que não deveria estar viva; eu tenho meu clarinete que não toca. O que ela tem?

Quando Anna acordou na manhã seguinte, reb Hirschl já havia terminado de rezar, e sorriu para ela, enquanto ela esfregava os olhos.
– Bom-dia, *yidele* – ele disse. – O que vamos fazer hoje, hein?
Naquele momento, eles estavam próximos à margem extremo-leste do que era chamado, na época, O Governo Geral da Polônia – a extremidade do domínio Lupino em território polonês – e para atravessar as linhas alemãs, e entrar no domínio dos Ursos, era necessário que eles atravessassem o rio Bug.
O Homem das Andorinhas havia escolhido um ponto de travessia com árvores próximas às duas margens. Se conseguissem atravessar a água relativamente calma sem ser notados, não teriam que percorrer uma extensão muito grande do outro lado, antes de estarem novamente fora de vista. Em termos topográficos, a travessia era quase ideal: a água fluindo com lentidão, embora com força, o rio não tão largo como em outros lugares, e árvores para proporcionar cobertura nas duas margens.
O único problema era a ponte.
Abaixo do ponto de travessia, havia uma ponte de considerável significado tático. Na extremidade oeste da ponte, os alemães estacionaram um pequeno destacamento

de infantaria e artilharia leve de campo, e, durante suas perambulações, os três tinham descoberto outros grupos de veículos blindados e de apoio à infantaria, reunidos a distância, em meio às árvores. Do lado soviético, podiam perceber a evidência de talvez uma unidade de atiradores de prontidão, embora pudesse haver mais.

O plano era cruzar rio acima, o mais longe da ponte que conseguissem chegar, antes de atingirem a parte pedregosa e mais larga do rio, onde a água tornava-se agitada e espumosa. Houve certa discussão sobre se aventurar ainda mais acima, e cruzar onde a corrente e a ressaca eram um pouco mais fortes; isto os manteria fora da visão da ponte, mas esta ideia acabou sendo rejeitada pelo bem de Anna. Se algo acontecesse ao Homem das Andorinhas e a reb Hirschl, ela ainda poderia conseguir chegar à margem oposta onde a água era mais tranquila, mas com certeza não no trecho mais rápido. No lugar escolhido para a travessia, a distância da ponte não era pequena, e foi considerada suficiente em termos de cautela.

Ninguém tinha absoluta certeza da profundidade do rio nesse lugar específico, mas ficou decidido que eles deveriam pelo menos tentar vadear. Anna, agora, estava muito mais alta do que ao deixarem a Cracóvia, mas ainda não era certo que conseguisse completar a travessia, e o Homem das Andorinhas prometeu segurar sua mão com força. Estava preparado para carregá-la, caso fosse necessário. Reb Hirschl ofereceu-se para atravessar com Anna nos ombros, mas ela achou que isso atrairia uma atenção indevida, e o Homem das Andorinhas concordou, acrescentando que isto faria dela um alvo fácil, caso algum soldado decidisse começar a atirar. A sugestão foi imediatamente descartada.

Ficou resolvido que fariam a travessia ao crepúsculo, quando o sol tivesse mergulhado no horizonte. A escuridão crescente poderia ajudá-los a não serem flagrados, e eles ainda teriam a vantagem do restante da luz diurna, para se orientar pela floresta quando chegassem à outra margem.

Reb Hirschl estava, visivelmente, com os nervos à flor da pele com a transgressão deles três, e, parado sob as últimas árvores próximas ao rio, enquanto o sol mergulhava nas folhas e galhos na margem oposta, pulava de leve de um pé ao outro.

– E aí? – disse? – Devemos ir?

– Não enquanto você não amarrar suas botas. – respondeu o Homem das Andorinhas.

Reb Hirschl hesitou muito para fazer isso, argumentando com versões ligeiramente diferentes da mesma fantasia, na qual esquecia, deixava cair, ou perdia seu clarinete sem a tira de cadarço que trazia ao ombro, mas o Homem das Andorinhas recusou-se categoricamente a dar um único passo à frente, até que suas botas estivessem amarradas.

Falou num tom frio, ligeiramente seco e terrivelmente racional:

– O que poderia acontecer se sua bota ficasse entalada entre as pedras do fundo do rio, Hirschl? Ou se você simplesmente perdê-la na correnteza, ao levantar o pé para avançar? E se um soldado russo nos avistar e precisarmos correr ao chegar à margem oposta? E se...

– Tudo bem – disse reb Hirschl. – Tudo bem. Você tem razão. – E começou a desatar a alça do seu clarinete, para prender as botas.

– Pelo menos – disse – estamos cruzando do lado alemão para o russo. Lá tem menos homens para nos perseguir, e não acho que os alemães atravessarão a ponte para vir atrás de nós.

Ele puxou seus cadarços com firmeza e sorriu para Anna.

– Bendigamos aos céus pelo que temos.

– Vamos – disse o Homem das Andorinhas. – Estamos perdendo o que resta de luz.

O Homem das Andorinhas havia formulado cuidadosamente uma regra estrita, antes de eles chegarem à margem do rio (– Mova-se o mais rápido que puder sem rapidez. Nada atrai tanto uma perseguição quanto uma debandada), e reb Hirschl estava totalmente decidido a segui-la, quando eles deixaram a proteção das árvores. No entanto, como Anna e o Homem das Andorinhas eram magros, eles atravessaram a água com facilidade, mas a estrutura corpulenta de reb Hirschl se arrastava contra ela, e ele se esforçou para acompanhar a pressa casual dos outros dois, no máximo da sua velocidade.

Eles tinham quase alcançado a margem oposta, quando os russos começaram a atirar.

Primeiro foi um sentinela, patrulhando próximo ao centro da ponte, mas não demorou muito para que houvesse cinco ou dez rifles, russos e alemães, todos atirando na direção deles. Os soldados atiravam de onde estavam, tanto a patrulha central quanto as de suas posições fortificadas nas duas extremidades da ponte; e os flashes luminosos de seus tiros salpicavam a extensão da ponte no escuro, como se fossem estrelinhas que nasciam, viviam e morriam numa fração de segundo.

Quando estão atirando em você, suas entranhas transformam-se num buraco negro. Quando estão atirando em você, todo o sangue do seu corpo queima.

Os pés de Anna chegaram com facilidade à margem do rio, e ela se arrastou e se alçou em terra firme, correndo para o mato. Com meio caminho já percorrido, ela se virou para olhar para reb Hirschl e para o Homem das Andorinhas.

Tudo parecia estar acontecendo nos minúsculos arfares entre as balas.

O Homem das Andorinhas tinha uma perna magricela na parte seca da margem do rio. Estava com o corpo virado para dar uma olhada em reb Hirschl. Reb Hirschl esforçava-se pelo rio, tendo percorrido, talvez, dois terços da travessia. Pequenos trechos de água explodiam à sua volta, as balas errando por pouco.

O Homem das Andorinhas berrou para Anna:

– Vá até as árvores! Vá! – e se virou para se jogar de volta no rio.

Aconteceu exatamente o que o Homem das Andorinhas temia: os dedos de reb Hirschl falharam e seu clarinete saiu flutuando para longe, descendo o rio em direção à ponte, madeira escura numa água que escurecia. Anna pôde ver nos seus olhos: seu desejo de chegar à outra margem foi suplantado pela necessidade de recuperar seu amado, estúpido e inútil clarinete.

Agora, Anna estava com medo. Podia ver como aconteceria. Quando o Homem das Andorinhas alcançasse reb Hirschl, levantando-se da água, não teria visto o clarinete flutuando para longe. Agarraria reb Hirschl, tentando levá-lo para a floresta, e reb Hirschl lutaria com ele, sem conseguir deixar aquilo, e ambos seriam pegos e mortos, e ela ficaria sozinha.

Mas o Homem das Andorinhas levantou a cabeça da água e gritou para reb Hirschl: – Vá! Ande! – e, enquanto o Homem das Andorinhas desaparecia novamente sob a água, Anna ficou surpresa ao ver reb Hirschl lutando duramente e rápido, com toda sua força, vencendo a água em sua direção.

Ele estava prestes a chegar à margem, quando o Homem das Andorinhas levantou-se da água a poucos centímetros do clarinete. Em poucos segundos, conseguiu pegá-lo e mergulhou mais uma vez, seu longo corpo ondulando com destreza, como se ele mesmo fosse apenas uma marola da corrente.

Reb Hirschl e Anna estavam agora na beirada das árvores, esperando o Homem das Andorinhas, e quando ele saiu da água carregando o clarinete como uma lanterna ensopada, todos os três saíram correndo para dentro da floresta, numa velocidade maior do que Anna jamais conhecera, e ela passou a correr com, por e da sua vida, e se viu chorando, rindo, gritando com uma alegria indescritível por ainda não ter morrido.

Na hora, Anna considerou um milagre que todos eles tivessem atravessado o rio ilesos. Foi apenas no começo da noite, quando reb Hirschl ajudou a cauterizar o ferimento com um dos fósforos do jarro, que ela soube que a falange superior do longo dedo mindinho do Homem das Andorinhas havia sido destruída.

Eles deveriam ter sido perseguidos, mas não viram russos naquela noite. Talvez seu comandante tenha julgado seu contingente insuficiente para perder qualquer um deles para a defesa da ponte. Talvez soubesse de algo que os três companheiros desconheciam.

Enquanto Anna e o Homem das Andorinhas se acomodavam para dormir, reb Hirschl aninhou seu clarinete na dobra do braço, e rezou com mais energia e convicção do que Anna pensava ser possível.

Naquela noite, ou na manhã seguinte cedo, os três acordaram ao mesmo tempo, com o ribombar estrondoso de bombardeiros que passavam sobre suas cabeças, como se fossem todas as tempestades que o céu já vira acontecendo ao mesmo tempo. Logo depois, sentiram a ordenança começar a cair sobre as cidades e espaços aéreos da Polônia, ocupada pelos soviéticos.

Era a manhã de 22 de junho de 1941, início da Operação Barbarossa. Hitler estava invadindo a União Soviética.

E eles estavam na linha de frente.

A Operação Barbarossa foi a maior ação militar já vista pelos três. Três milhões de soldados alemães e seus aliados entraram em território controlado pelos soviéticos, ao longo de um fronte que se estendia por mais de três milhões de quilômetros, do Mar Negro até o Báltico. O número de bombardeiros que trovejava sobre Anna e seus companheiros era tão grande que os aviões pareciam encobrir totalmente o céu.

Foi um ataque maciço, furioso e rápido.

E Anna pensou que eles estivessem atrás dela e dos seus amigos.

Eles haviam se deitado bem longe da estrada, mas assim que o sol nasceu, viram as imensas nuvens de poeira que as forças de avanço alemão levantaram. Era, logicamente, apenas uma estrada de terra rural mal conservada, mal assentada e raramente trafegada por qualquer coisa mais pesada do que uma charrete ou uma carroça de fazendeiro. Quando os pneus e botas da infantaria mecanizada e a passagem das divisões motorizadas começaram a esmagar a estrada, esta reagiu com tudo, alçou-se no ar, aterrorizada.

Os soviéticos estavam alarmantemente despreparados para a invasão, e a maior parte dos combates, travados às margens do Bug, terminou bem antes do meio-dia. Anna tentou se tranquilizar, ouvindo os tiros que morriam a distância, mas não existe conforto quando o som que substitui o tiroteio é a marcha e o triturar infindáveis do avanço dos exércitos.

Naquele dia, eles ficaram precisamente onde haviam dormido na noite anterior, deitados em silêncio sobre a terra, tomando cuidado para não ficar em pé, nem se mover com muita rapidez. Estavam longe da estrada, mas quem saberia onde estaria a próxima divisão ofensiva alemã, e quem saberia onde estariam os dispersos defensores soviéticos em retirada?

Passar o dia inteiro de bruços no mato não é fácil. Nenhum dos três falou. O barulho da marcha e a distância a que eles estavam da estrada quase que garantiam a segurança de um sussurro, mas nenhum deles parecia ter vontade.

Três vezes naquele dia, como em todos os outros, o Homem das Andorinhas engoliu seus comprimidos, e três vezes naquele dia reb Hirschl murmurou suas preces.

Foi apenas bem depois de escurecer que a cacofonia do avanço alemão perdeu-se a distância (embora, dias após isso, Anna jurasse que podia ouvi-la com toda a força de sua percepção), e eles continuaram no chão, quietos, por quase uma hora a mais, até que o Homem das Andorinhas finalmente se levantou e de imediato os conduziu em silêncio para o mais profundo da floresta.

Nas veias deles corria quase tanta adrenalina quanto sangue, e foi rara a chance de desentendimento ou alívio de tensão que tivesse passado incólume pelos dois homens, mas, na maioria das vezes, o estopim era a comida. Nenhum deles comera qualquer coisa no dia anterior, e o Homem das Andorinhas parecia não ter intenção de parar em busca de provisões. A discussão atingiu seu ponto crítico próximo ao velho acampamento soviético. Não era, obviamente, velho de verdade; não poderia ter sido evacuado há mais de quinze ou vinte horas, e ainda havia fogo ardendo nos locais onde as bombas haviam caído. Acima do crepitar das chamas, um disco que estivera tocando durante o ataque foi deixado pulando, repetindo-se sem parar, enlaçando interminavelmente dois acordes de uma orquestra de cordas. Ainda assim, o lugar dava uma sensação de verdadeira antiguidade, como um templo antigo, condenado a queimar para todo o sempre num fogo perpétuo.

A base da discussão era a seguinte: o Homem das Andorinhas tinha certeza de que o mais seguro seria seguir as tropas de avanço alemãs; desde que conseguissem se manter ao largo do próprio conflito, sem dúvida seriam a última das preocupações daqueles soldados que lutavam por suas próprias vidas. Por outro lado, reb Hirschl achava que a melhor opção seria retroceder, atravessando o Bug, retirando-se das linhas de batalha. Era impossível que houvesse algo que os ajudasse a sobreviver ali, nenhum comércio de alimentos que tivesse passado incólume pelo vasto contingente alemão que eles viram passar. Além disso, desde quando as Forças Armadas se consistiam em uma linha contínua de ataque? Não haveria reforços, uma segunda leva, tropas de apoio? Como poderiam ter certeza de se manter em segurança, à frente da próxima leva?

– Como? – perguntou o Homem das Andorinhas. – Não dando meia-volta e se dirigindo diretamente para ela.

Reb Hirschl sacudiu a cabeça e murmurou consigo mesmo: – Não é bom viver cercado por morte. Não é bom viver cercado por morte.

Anna ficou surpresa com a virulência da argumentação de reb Hirschl; até então, ele nunca havia sido tímido para expressar seus pontos de vista e ideias, mas também nunca insistira neles ao se confrontar com a autoridade do Homem das Andorinhas. Reb Hirschl devia ter ficado bem abalado com a travessia, os bombardeios, as ofensivas, porque a discussão se prolongou e, por certo tempo, ela duvidou que um um deles cederia.

Por fim, o Homem das Andorinhas falou com comedida clareza e correção, como sempre fazia em casos extremos:

– Hirschl, ninguém vai me dizer aonde ir. Se quiser me seguir, me siga; se quiser ir embora, então vá, mas não durmo desde que o ataque começou, e não tenho mais o que lhe dizer.

Anna ainda estava acordada naquela noite, quando reb Hirschl terminou suas orações, e o Homem das Andorinhas se agitou e se revirou excepcionalmente, também sem conseguir dormir. As chamas queimavam mais lentamente agora, mas, a distância, ainda havia tiros e explosões, e em meio a tudo isso o disco tocava em dois acordes, vezes e vezes sem fim.

Os sons no mundo mantiveram Anna acordada, mas reb Hirschl nunca demonstrara dificuldade em obter descanso, e ela pensava que o judeu há muito havia adormecido quando, por fim, resmungando consigo mesmo, ele se pôs em pé.

– Aonde você vai? – perguntou o Homem das Andorinhas com os olhos fechados.

Anna surpreendeu-se por sabê-lo acordado; ele falou em profunda imobilidade.

– Vou desligar aquele disco, é pra lá que eu vou – disse reb Hirschl. – Pelo amor de Deus, pelo menos poderíamos ouvir um acorde diferente.

O Homem das Andorinhas suspirou: – Tenho uma relativa certeza de que não há ninguém vivo naquele prédio, Hirschl, mas se houver mais alguém, ainda que seja ao alcance do som, e o disco parar de repente...

Reb Hirschl tornou a se sentar, num ímpeto.

Foram necessários apenas alguns minutos para que ele começasse a cantar com o disco, alçando e adejando sua hábil voz em torno dos dois acordes, entre eles, sobre eles, ora lutando contra eles, ora os acolhendo, ora os revirando. Seu canto era uma boa coisa, e lindo, mas por algum motivo deixou Anna extraordinariamente melancólica.

Durou quase vinte minutos, e então ele se virou de lado.

O Homem das Andorinhas esperou até que o minúsculo ronco de Anna se fizesse ouvir, juntando-se ao do judeu, como uma paródia noturna daquele revoltante som do despertar. Então, levantou-se e entrou na floresta.

Pela manhã, Anna foi a primeira a despertar.

O Homem das Andorinhas estava dormindo exatamente no lugar onde havia se deitado da primeira vez. Ao lado de reb Hirschl, amarrada ao seu amado clarinete, havia uma linda alça de couro para ombro, decorada com uma iconografia eslava feita com ferramenta manual. Era uma obra de arte.

Ao ver aquilo, algo se encaixou no íntimo de Anna. Desde que o ataque alemão começara, mesmo ao lado de reb Hirschl, ela havia conseguido esquecer completamente que já existira algo como beatitude. Mas ali, à sua frente, havia uma inquestionável evidência de que o mundo não estava queimando por toda parte, e, na verdade, tornava-se mais compassivo em alguns lugares. Anna percebeu que o Homem das Andorinhas se aventurara na busca não de comida, nem de ganho, não para seu benefício próprio ou o benefício de Anna, mas apenas pelo prazer do seu lindo reb Hirschl.

Reb Hirschl tinha razão. Não é bom viver em meio à morte de outros. Aqui não havia enigmas idiotas, nenhuma melodia a ser cantada. Aqui eles não podiam brincar de correr um do outro por diversão. Aqui eles corriam a sério.

Naquele lugar, o Homem das Andorinhas rapidamente se tornou um abutre, e eles o seguiam no rastro de uma batalha, fugindo antes da próxima onda invisível de mortes, em total confiança, para lugares que até ele não conhecia e onde nunca havia estado. Nenhum dos três conhecia aquela região – Bielorrússia, talvez, ou Ucrânia – e, apesar de sua predileção por ir de um lugar a outro, estar naquele lugar em guerra, de certo modo, aprofundava a angústia que sentiam. Acreditavam que conheciam a Polônia. Acreditavam que a Polônia fosse deles. A fronteira pode ter sido apenas uma linha na areia, mas a diferença entre vagar no seu próprio quintal e vagar no quintal do vizinho parece imensa quando se está com medo.

Sadicamente, de todo o tempo que os três passaram perambulando, foi neste que comeram com mais facilidade e em maior quantidade. Era o *blitzkrieg*: os alemães avançavam com o máximo de rapidez e dureza. Não deixavam a ninguém, nem aos soviéticos em retirada, nem a seus próprios soldados, o tempo para parar e recolher os mortos, e raramente havia um homem caído que não tivesse uma pequena provisão em seu bolso ou mochila.

As rações soviéticas foram as que eles passaram a conhecer melhor: geralmente trigo triturado ou biscoito desidratado, mas frequentemente havia sementes de girassol, que eles comiam continuamente enquanto caminhavam, guardando as cascas em um saquinho para não deixar trilha. Beterrabas enlatadas também eram comuns, ou latas de uma carne misteriosa, às vezes etiquetada com palavras que o Homem das Andorinhas lia como porco, galinha, ou carne de vaca, embora fosse mais possível confiar nessas etiquetas quanto ao que as latas *não* continham. Eram porções tão fartas que reb Hirschl até se dava ao luxo de recusar as que diziam conter porco, embora soubesse muito bem que era bem provável que já o tivesse comido sob outros nomes.

As provisões alemãs não eram encontradas tão facilmente, mas tinham uma maior probabilidade de conter alguma surpresa maravilhosa: normalmente uma ou duas balinhas com sabor de frutas, e uma vez uma barra de chocolate.

O terço de chocolate que coube a Anna desapareceu quase que instantaneamente, e durante sua caminhada no restante do dia, o de reb Hirschl foi diminuindo gradativamente, conforme ele ia lhe estendendo pequenos bocados.

– É melhor você ficar com ele – ele disse.

Anna nunca viu o Homem das Andorinhas comer nem um pedacinho do seu chocolate. Era possível que o estivesse guardando para trocar, mas já havia estocado tanto chá com esse propósito, que ela não conseguia entender por que ele simplesmente não comia aquela coisa deliciosa.

De início, reb Hirschl mostrou-se terrivelmente hesitante quanto à perspectiva de tirar dos mortos em seu próprio benefício. Não discutiu como havia feito antes, mas resmungava continuamente, e raramente participava da pilhagem. Quando o fazia, era apenas sob coerção, e se alguém ouvisse atentamente, poderia escutá-lo rezando baixinho sempre que entrava em contato com os mortos.

Anna rapidamente se familiarizou com os locais e com as profundidades dos vários bolsos e sacos padrões em um uniforme soviético ou alemão, e suas mãozinhas aprenderam a trabalhar dentro deles com facilidade. Sua única dificuldade estava em abrir as fivelas, cadarços, ou fechos que mantinham as coisas fechadas, e à medida que os dias de carniça continuaram, desenvolveu-se um sistema em que o Homem das Andorinhas abaixava-se rapidamente sobre os cadáveres, abria todos os seus fechos com seus longos dedos rápidos, ágeis e fortes, enquanto Anna vinha em seguida, despindo-os de todas as suas bênçãos.

Ocasionalmente, ela descobria algum pequeno item de utilidade específica para um de seus companheiros, e o escondia para um momento oportuno. Uma vez, encontrou um par de ótimas luvas de couro de um oficial alemão cujas mãos tinham o formato das do Homem das Andorinhas, e encheu a falange do dedo mindinho direito com uma tira fina de atadura enrolada. Anna deu-lhe o par quando reb Hirschl entrou no meio das árvores para se aliviar. Não disse nada, e ele não disse nada em troca, mas a recompensou com um sorriso – mais raro ainda do que o normal naqueles dias –, e daquele dia em diante era quase impossível que as luvas não estivessem em suas mãos, ou penduradas em seu cinto.

Uma vez, no bolso do casaco de um oficial soviético, ela descobriu um frasco de vodca envolto num pano, e o deu a reb Hirschl quando o Homem das Andorinhas tinha ido à frente supervisionar a estrada que queria atravessar. Para o Homem das Andorinhas, a entrega precisava ser feita em silêncio e sem comemoração, mas quando ela deu a vodca a reb Hirschl, sorriu e disse: – É melhor você ficar com isto – e por um dia e meio ele não parou de lhe cantar homenagens.

Não era agradável pilhar os mortos, particularmente os mortos recentes, cujo calor impedia os esforços estoicos de Anna, mas logo ela aprendeu a não olhar nos seus rostos. Se interagisse apenas com suas roupas e apetrechos, não teria que imaginar quais teriam sido seus nomes, ou como teriam soado suas canções.

Reb Hirschl, por outro lado, parecia se abster ativamente de ignorar essas questões. Quando, finalmente, começou a participar da pilhagem, rapidamente assumiu a prática de olhar diretamente no rosto dos mortos, e, antes de mergulhar em sua rápida prece hebraica, cumprimentava-os educadamente.

– Olá, senhor – dizia, e ao terminar: – Obrigado – ou – Por favor, me perdoe – ou, mais ridiculamente: – Fique bem.

Embora nunca tivesse dito isso, não era difícil perceber que o Homem das Andorinhas considerava este costume absurdo e inadequado.

Uma vez, Anna perguntou a reb Hirschl o que ele dizia ao vasculhar os corpos dos mortos.

– É uma prece, *yidele* – ele respondeu –, chamada El Malei Rachamim. Pede a Deus que envolva as almas dos mortos com as asas de Sua Santa Presença, e que as leve para o céu como luzes brilhantes.

Anna imaginou bombas caindo em sentido contrário, suas explosões ígneas contidas em esferas espiraladas de proporção humana, voando de volta das florestas de pinheiro para o céu noturno. Anna não conseguia dizer se achava que a beleza dessa ideia estava relacionada ao seu horror.

– Se quiser, posso ensiná-la pra você – disse reb Hirschl. – Ou se você só quiser dizer alguma coisa, pode apenas usar "*Baruch atah, Adonai, mechaye hameytim*".

O Homem das Andorinhas suspirou com exagero, e, não querendo ser considerada tola, Anna nunca disse a breve frase de reb Hirschl, mas também nunca a esqueceu.

O relacionamento entre reb Hirschl e o Homem das Andorinhas era algo delicado e peculiar. Eles não gostavam particularmente um do outro, nunca teriam se considerado amigos, ou mesmo se juntado sob circunstâncias diferentes, e, onde quer que estivessem, parecia que havia uma discussão à espera apenas a alguns segundos de distância dos dois, qualquer que fosse a direção escolhida.

Mas, ao mesmo tempo, algo começou a se desenvolver entre eles, uma espécie de compreensão solidária, e isso ficava mais evidente nos momentos em que um dos dois abria mão de sua própria e arraigada maneira de ser para compartilhar a do outro, como se estivesse homenageando seu antagonista com um momento da sua vida. Por exemplo: reb Hirschl nunca agradeceu ao Homem das Andorinhas pela alça de ombro para o seu clarinete. Anna ficou preocupada, naquela primeira manhã, de que isso fosse uma afronta, ou talvez um descuido, mas logo viu que não era esse o caso. Era visivelmente difícil para reb Hirschl não explodir em gratidão, e seu autocontrole, perante a habitual moderação refinada do Homem das Andorinhas, era uma extrema demonstração de agradecimento. Não havia como confundir o contato visual entre os dois, antes de partirem naquela manhã.

Talvez fosse mais difícil para o Homem das Andorinhas retribuir esses momentos de deferência; agia de maneira extremamente sistemática e certamente determinada, era tudo muito preto no branco, mas demonstrava sua afeição moderando a rigorosa rigidez do seu senso de ordem. Reservou um tempo para oração, sem restrições ou problemas, e comentários ou melodias entoadas à boca fechada, que antes provocariam desprezo ou um andar mais apressado no Homem das Andorinhas, agora eram mais facilmente tolerados, ainda que nunca com grande entusiasmo.

Era *blitzkrieg*, e os três mantinham-se logo atrás do avanço alemão sem grande ameaça direta por dois meses, talvez dois meses e meio, até que o perigo voltou a aumentar. Isto, logicamente, não quer dizer que suas andanças naqueles dias tenham chegado a ser confortáveis. Mal havia um dia sem conflagrações ou a evidência de morte a seus pés, e de certa forma parecia que, quase como um padrão, o furioso e enlouquecido estrondo da ordenança sacudia o ar e iluminava o céu exatamente quando Anna se deitava para dormir – como se a coisa soubesse.

De qualquer modo, naqueles meses ela não tinha muito tempo para dormir.

Tinham vagado para o interior da União Soviética, quando começaram a perceber a ameaça das contraofensivas em relação ao avanço alemão. Até essa altura, mantinham-se suficientemente longe da retaguarda para não se sentirem terrivelmente ameaçados pela batalha, mas as folhas estavam começando a mudar, a chuva caía com persistência, e os alemães quase que tinham sido forçados a uma parada. O Homem das Andorinhas temia diminuir demais a marcha, e eles serem alcançados por um segundo contingente de alemães, mas, se mantivessem o ritmo, era quase certo que encontrariam a retaguarda do primeiro contingente.

Agora, não era raro eles ouvirem graves tiroteios de canhões, perto demais para que se sentissem tranquilos. Reb Hirschl especulava continuamente sobre a dor de ser atingido por uma bala de canhão, e embora esse dificilmente fosse o fator decisivo na determinação do Homem das Andorinhas em voltar para a Polônia, pode ter servido como leve reforço no que faltava para a sua decisão.

Juntos, eles encheram uma mochila de um soldado morto com todas as rações de campanha que puderam juntar para o regresso, e, com um mínimo surpreendente de queixas, reb Hirschl carregou a coisa enorme e pesada durante todo o caminho de volta.

De início, Anna considerou o retorno para sua terra natal simplesmente árduo, e muito tempo foi perdido estando deitados quietos no chão da floresta, enquanto veículos de abastecimento e transporte de soldados ressoavam nas estradas próximas. É claro que eles mesmos nunca viajavam pelas estradas, mas, tentando escapar do fronte o mais rápido possível, também não podiam evitá-las completamente como gostariam. O movimento nelas era um indicador mais confiável da direção em relação ao fronte do que qualquer bússola ou instrumento mais objetivo poderia ter sido.

Parecia um estranho alívio caminhar de volta para a Polônia, como se todo o caminho fosse feito em ligeira descida, e eles conseguiram alcançar o Bug com poucos incidentes. Uma vez, quase pegos de surpresa, Anna e o Homem das Andorinhas jogaram-se no chão e prenderam a respiração, fingindo-se de mortos por causa de um grupo de escoteiros alemães, que estalavam a língua lamentando a morte precoce de uma garotinha linda, obviamente ariana, enquanto reb Hirschl se encolhia em silêncio no alto de uma árvore acima deles, segurando a comida firmemente junto ao peito.

Depois que eles já tinham ido embora há um bom tempo, e Anna e o Homem das Andorinhas haviam se levantado das folhas caídas no chão da floresta, ela lhe perguntou o que significava a palavra "ariana", e o Homem das Andorinhas disse que era Lupino para "Lupino". A princípio Anna sentiu-se revoltada por ser descrita dessa maneira, mas o Homem das Andorinhas levantou as sobrancelhas e lhe disse que eles tinham razão. Ela se parecia demais com um lobinho quando dormia. Talvez essa tenha sido a coisa mais assustadora que Anna ouviu desde o começo da guerra.

O que começou arduamente terminou terrivelmente.

Cada um deles, à sua maneira silenciosa e variada, havia começado a sentir sua presença, começado a entender cada vez mais, a cada passo, mas logo souberam com certeza: a Morte tinha vindo morar naquela parte do mundo.

Anna, agora, não conseguia se lembrar com precisão quando havia acontecido, se havia sido no ano e meio antes de recolherem reb Hirschl, ou se talvez ele estivesse ao seu lado quando ela viu aquilo, mas em algum dia de inverno, em alguma clareira de inverno, Anna lembrava-se de ter dado com um enorme despejo de coisas velhas e quebradas. Pareciam ter sido retiradas de algum escritório, ou talvez de um departamento do governo, e estavam cuidadosamente dispostas em pilhas; aqui uma coluna alta de cadeiras com pernas ou braços quebrados; ali, uma fileira de arquivos sem chave, ou cujas gavetas estavam irreparavelmente emperradas. No centro da clareira, havia um grande monte de máquinas de escrever quebradas.

No chão, havia uma leve presença de neve, mas nada havia se acumulado nas coisas descartadas, e pegadas de botas, ainda molhadas, haviam recentemente se imprimido no chão. Não havia como saber se ou quando as pessoas poderiam voltar, e, de qualquer modo, os arquivos não eram de grande serventia. Não ficaram ali por muito tempo, mas a imagem do despejo permaneceu encravada na mente de Anna.

Foi só nisso que ela conseguiu pensar quando eles encontraram pela primeira vez uma das valas comuns. Talvez fosse o ângulo da luz, ou o fato de a neve estar similarmente pulverizada e esparsa, mas, muito provavelmente, o que a fez pensar no equipamento de escritório descartado foi a mistura peculiar de organização e caos que reinava ali.

As bordas da cova eram retas, o buraco no chão meticulosamente quadrado, apesar da terra solidamente congelada, mas os corpos tinham caído em posições que pareciam inumanas: pés jogados para trás, em direção à parte posterior da cabeça, braços dobrados em ângulos esquisitos, rostos enterrados nos corpos de estranhos.

Aquilo era mais morte do que Anna havia visto em um único lugar, e sua presença ali não parecia a mesma encontrada no modesto e prolongado velório que acabara conhecendo na pilhagem dos soldados abatidos. Ali, a Morte não parecia se dissipar. Ali, parecia que a Morte estava em casa.

Anna hesitou. Isso era, sem dúvida, um horror específico, mas, apesar de sua hesitação, Anna agiu, e fez o que estava acostumada a fazer. Foi pilhar entre os mortos.

Trata-se de uma coisa rara e inesquecível: a textura de uma pisada no peito de um morto que se encontra em cima de outros a cinquenta centímetros de profundidade; o ligeiro ceder e voltar sob a pressão da bota.

Os abutres começaram ciumentamente a ceder sua refeição, enquanto Anna avançava para o meio da vala; ao chegar lá, quase todos tinham voado para cima das árvores, encarando-a, tanto com seus bicos, quanto com seus olhos.

O Homem das Andorinhas não demorou a falar:

– Anna – disse. Em todo o tempo que estiveram juntos, era a primeira vez que ele a chamava por seu nome secreto, em frente a outra pessoa. – Não.

Não foi uma repreensão, nem um não zangado. Foi com a mesma delicadeza com que ele lhe dizia qualquer coisa, e quando Anna saiu da pilha, ele colocou sua longa mão ternamente na parte de trás da sua cabeça, o gesto mais próximo de um abraço que já tivera em relação a ela. – Acho que devemos deixá-los com o que têm.

Anna não conseguiu contar a ele que cada um dos bolsos que ela havia vasculhado já estava vazio.

– Podemos, por favor, sair deste lugar? – pediu reb Hirschl, parado no limite das árvores que davam na clareira.

Uma das coisas que Anna amava em reb Hirschl era a maneira com que seu cantar modulava sua fala. Fosse alta e sardônica ou macia e terna, sempre havia leveza e brilho em quase todas as suas palavras. Quase. Não em todas. Aquelas seis palavras: "Podemos, por favor, sair deste lugar?" soaram como se tivessem sido ditas por um homem diferente; um homem velho e incrivelmente cansado. Aquelas palavras eram tão obscuras quanto olhos cansados à meia-noite, sem um vislumbre de brilho.

Reb Hirschl não voltou a falar por dois dias, e naquela noite não rezou antes de se deitar para dormir.

Voltaram para a Polônia pela mesma ponte de onde tinham levado tiros ao atravessar o Bug pela primeira vez. Logicamente era um risco, risco a que o Homem das Andorinhas jamais teria se permitido antes de conhecer reb Hirschl, mas não havia ninguém à vista, e fazê-lo deu a todos eles uma leve sensação de orgulho, como se as marcas da passagem de suas botas pudessem conquistar a ponte, santificá-la contra toda a destruição que a envolvia. Apesar de, àquela altura, eles estarem dentro de seus limites há algum tempo, somente quando seus pés aterrissaram na outra margem, sentiram finalmente como se estivessem de volta à Polônia.

Mas a Polônia tinha mudado enquanto estiveram fora, e estava mais parecida com as terras de guerra e morte do outro lado do rio do que queriam acreditar.

O que você vai me dar?

Naqueles dias, eles permaneceram na floresta. As árvores pareciam deixar o Homem das Andorinhas mais confortável, e seus troncos e ramos ajudavam a esconder suas presenças quando os três precisavam desaparecer.

Este é um período onde há menos a dizer sobre suas perambulações do que qualquer outro. Isto porque eles se esforçaram para que nada de notável acontecesse. Antes, Anna e o Homem das Andorinhas poderiam ter procurado conversar com um estrangeiro afável, caso houvesse oportunidade, mas agora evitavam outras pessoas a todo custo. Mesmo quando descobriam o maná de um soldado morto entre as árvores, passavam em silêncio por suas provisões, caso houvesse a menor evidência de pessoas por perto.

Em qualquer lugar, por trás do hábil disfarce de qualquer par de olhos comum e desinteressante, a própria Morte poderia estar à espreita.

Passaram por dois invernos sem parar, como Anna e o Homem das Andorinhas haviam feito antes. Comer tornou-se difícil, e todos eles emagreceram. O Homem das Andorinhas, naturalmente magro, para começo de conversa, ficou esquelético e emaciado, e a ampla caixa torácica de reb Hirschl lentamente foi se desprovendo de qualquer revestimento, até que cada osso começou a aparecer debaixo da pele, quando ele se lavava.

Anna não teria tolerado a vantagem de uma divisão de comida injusta, caso soubesse. Nunca se sentia saciada ou satisfeita, é claro, nenhum deles se sentia, mas de alguma forma sua nutrição manteve-se suficiente para seu contínuo crescimento e seu desenvolvimento, e quando eles encontraram o Mascate, Anna estava começando a ter a aparência de uma jovem mulher, embora magra.

Logicamente, mudanças externas não ocorrem sem mudanças internas.

O Homem das Andorinhas era um mestre nas metamorfoses fáceis, e reb Hirschl dos conhecimentos secretos, e, no entanto, tanto um quanto outro sabiam menos do que nada sobre os mistérios íntimos da feminilidade. O máximo que podiam fazer por Anna era estar onde ela esperava que estivessem quando precisava deles, e estar em outro lugar, quando não precisava.

Começaram a acontecer coisas com seu corpo, coisas que a deixavam insegura, e enquanto, quando mais nova, sentia pouca vergonha em simplesmente se agachar e se aliviar, com o passar do tempo, começou a precisar de mais privacidade.

Era alto verão quando o Mascate veio até ela, por entre as árvores, e fazia tanto tempo que ela não encontrava ninguém vivo, que não fosse o Homem das Andorinhas ou reb Hirschl, que imediatamente teve medo.

É claro, naqueles dias estava longe de ser uma raridade encontrar pessoas que não estivessem vivas. Elas não eram tão numerosas quanto as árvores da floresta, mas, com o tempo, na mente de Anna, passaram a ser uma extensão natural dela, e, conhecendo ou não as palavras, acabara memorizando a entonação e o ritmo de cada sentença da prece El Malei Rachamim, de reb Hirschl. Nesses dias, ele não prosseguia em seu caminho até que cada homem, mulher ou criança abatidos tivesse recebido o benefício da sua recitação.

Anna estava agachada no mato quando o Mascate veio caminhando por entre as árvores, e ela se apressou em ficar em pé e se cobrir, antes que ele percebesse, mas os olhos dele encontraram-na, enquanto ela ainda estava se recompondo.

Isto não ajudou a acalmar sua ansiedade.

Mais uma das regras do Homem das Andorinhas: as transições são períodos de fraquezas. Se a escolha estivesse entre ser vista fazendo alguma coisa, e ser vista tentando não ser vista fazendo essa coisa, a primeira sempre era a escolha mais forte. Isto era verdade sem levar em conta, particularmente, o que você não deveria estar fazendo.

Os olhos do Mascate cintilaram de maneira muito perturbadora ao ver Anna, embora ela não soubesse dizer se eles a perturbaram por sua semelhança, ou por sua diferença dos olhos do Homem das Andorinhas.

– Ah, olá madame – ele disse num polonês rude e informal.

Oh, ele a assustou.

Às costas, trazia uma mochila de soldado muito parecida com a que reb Hirschl carregava, só que nesta havia uma infinidade de bolsinhas, caixas e pacotes, presos ou amarrados com corda, barbante ou couro. Apesar do calor, usava um bom casacão, desabotoado, revelando, numa primeira contagem, três pistolas de modelos variados, entre outras armas. Havia uma longa lâmina, como uma cruz entre uma faca de caça e uma espada curta, que Anna reconheceu como uma baioneta alemã, enfiada na bandoleira de couro ao redor da cintura, mas sua mochila era de origem soviética, e o casaco parecia ser de civil. Ele próprio era pequeno, a mochila quase do seu tamanho, e, apesar da barriga e de um incipiente queixo duplo, sua estrutura parecia ter pertencido a um homem delgado.

Nada nesse sujeito fazia sentido.

– Olá – Anna respondeu, fazendo o possível para não soar amedrontada. Tentou falar o mais alto que pôde, para que o Homem das Andorinhas ou reb Hirschl pudessem escutar e vir investigar, mas, por mais que quisesse levantar a voz, ela saiu trêmula e suave.

O Mascate começou a se aproximar dela lentamente.

– Você não está aqui sozinha, está? – Sorria, mas isso não serviu de nada para acalmar os nervos de Anna. – É uma boa caminhada até a próxima cidade, e a floresta pode ser perigosa.

– Não – disse Anna amistosamente. – Não, meus amigos estão logo ali, depois daquele morro.

O Mascate parou à distância de um braço, e começou a abaixar sua mochila.

– É mesmo. – Não era uma pergunta.

Anna sorriu, o mais alegre que conseguiu.

– É, claro. Reb Hirschl! – chamou.

Ela sabia ser quase certo que o Homem das Andorinhas a defenderia com mais eficiência, mas não o chamou. Chamou reb Hirschl. Afinal de contas, "Hirschl" era o único nome que eles tinham entre eles três.

Apesar disso, quem primeiro apareceu por sobre o cume foi o Homem das Andorinhas.

– Hirschl, hein? – disse o Mascate, percorrendo o Homem das Andorinhas com os olhos, de cima a baixo. – Não tenho certeza de que o classificaria como um judeu. Estava justamente me preparando para mostrar aqui para sua amiga as minhas mercadorias. Tenho um monte de coisas para oferecer, se estiver interessado.

Antes que o Homem das Andorinhas pudesse dizer qualquer coisa, reb Hirschl veio correndo por sobre o morro.

– Ah! – disse o Mascate. – Dois judeus! A mocinha tem atração pelo proibido, hein? A não ser que também seja judia?

Anna não sabia como responder a esta pergunta. Na verdade, era algo em que nunca tinha pensado. Reb Hirschl chamava-a de *yidele* (judiazinha), mas ela sempre só pensara nisso como uma expressão carinhosa, e ninguém na sua vida jamais lhe dissera se ela pertencia, ou não, a alguma determinada tribo ou nação.

– Não – disse o Homem das Andorinhas. – Não, infelizmente ela é polonesa.

O Mascate sorriu.

– Não sei por que o senhor diz "infelizmente". Nos tempos que correm, dificilmente é uma sorte estar perto de judeus. Mas, provavelmente, o senhor mesmo sabe disso, sr. Hirschl, escondendo-se deste jeito na floresta.

"Talvez eu tenha algo na minha mochila que possa ajudá-lo a sobreviver à sua má sorte, hein? Fósforos, munições, comida... Aceito zlotys, marcos reich, até rublos, se tiver, mas meus negócios principais são feitos à base de troca. Posso até ter algum chocolate, caso o senhor possa fazer algo especial para mim. Com certeza, podemos chegar a um acordo que seja bom para os dois."

Era, fundamentalmente, uma oferta de ajuda, mas nos lábios dele não soou muito amigável.

Reb Hirschl estava prestes a falar, mas o Homem das Andorinhas levantou a mão para impedi-lo.

– O senhor esteve nas cidades? – perguntou.

O Mascate suspirou: – Se estiver procurando um amigo específico ou algum parente, acho que, provavelmente, não vou poder ajudá-lo. Mas se quiser mandar uma carta, ou um recado, verei o que posso fazer nesse sentido. Mediante um preço.

– Não – disse o Homem das Andorinhas. – Só quero notícias.

O Mascate deu seu sorriso aberto, e vazio.

– Notícias. Notícias não são de graça. Faça um acordo comigo e eu lhe conto o que está acontecendo no mundo. Embora o senhor possa se arrepender de ter perguntado.

Eles ainda tinham um pouquinho do chá recolhido durante a Barbarossa, não tendo encontrado muitas pessoas desde então, nem se permitido com muita frequência o risco de um fogo para fazer uma coisa tão estúpida quanto aquecer água. O Mascate enfiou o nariz em um dos sachês, aspirou profundamente, e depois balançou a cabeça, concordando.

– O que posso lhe dar em troca? Parece que um pouco de comida lhes cairia bem. Um queijinho? Pão duro? Eu até tenho – e então ele puxou o papel que embrulhava um pacote de tamanho médio – carne.

Carne era algo tentador. Há muito eles tinham esgotado seu suprimento, e era algo cheio de energia, substancial e saboroso. O papel do embrulho do Mascate foi aberto apenas por um breve momento, mas o que havia dentro pareceu bom a Anna: um pernil de alguma coisa magra e vermelha, ainda com o osso. Havia até um pouco de couro claro nele. Devia estar fresco.

– Que tipo de carne é? – perguntou reb Hirschl, e, com uma velocidade espantosa, o Mascate colocou o papel de volta, seus dedos fortes em gestos abruptos e furiosos.

– Que diferença faz para o senhor que tipo de carne é? Devia se considerar um homem de sorte por meter os dentes nela pela última vez, antes de ser morto, sua besta de merda. Pare de fazer perguntas estúpidas.

Pela primeira vez, a crueldade em ebulição que fervia em fogo baixo no íntimo do Mascate aflorara à superfície, e os três notaram isso em silêncio.

O Homem das Andorinhas amenizou as coisas, renunciando à carne e escolhendo, em seu lugar, um pouco de pão seco e uma pequena porção de frutas velhas. Quando todos eles se sentaram juntos, já era fim de tarde, e estava longe de ser seu costume comer àquela hora do dia, mas nem reb Hirschl, nem Anna estavam interessados em questionar a decisão do Homem das Andorinhas.

O Mascate foi quem mais falou, enquanto consumia rapidamente a maior parte da comida que o Homem das Andorinhas expôs, inclusive quase todo o pão que eles tinham acabado de adquirir dele.

As notícias eram inacreditavelmente terríveis. Anna mal conseguia entender o que ele dizia. Àquela altura, os guetos estavam sendo liquidados, e os campos funcionavam com crescente eficiência. As histórias do Mascate eram não apenas sobre o que ele tinha visto, mas sobre o que tinha ouvido.

De início, Anna pensou que ele estivesse inventando tudo aquilo, afligindo-os com as perturbadas fantasias de sua mente doentia, mas ela tinha visto mais de uma vala comum, e quando ele falou naquilo tudo, parecia estoico demais para estar inventando para seu próprio prazer abstrato.

Reb Hirschl demonstrou o maior interesse pelo que estava acontecendo, o que não foi uma grande surpresa para Anna. Além das notícias sobre a guerra nos frontes internacionais, muito do que o Mascate tinha para contar dizia respeito aos judeus: a crescente restrição das leis promulgadas contra eles, as coisas que lhes eram feitas nas ruas, e, finalmente, o que ele tinha ouvido e visto nos campos. No entanto, apesar das perguntas e dos comentários de reb Hirschl, como principal interlocutor, os olhos do Mascate raramente paravam no judeu. Em vez disso, seu olhar demorava-se, sobretudo, na bainha do vestido de Anna, curto demais, pequeno. Mas nos momentos em que ele achava que poderia dar uma olhada sem ser notado, Anna via-o passar os olhos de cima a baixo, de trás para frente, pelo rosto do Homem das Andorinhas.

Quando o sol começou a se pôr, o Mascate tinha exaurido seu estoque de notícias, e estava recostado em um tronco de árvore, mastigando ociosamente um pedaço de queijo que não tinha oferecido, nem compartilhado. Vários minutos antes, o combustível da conversa se esgotara, e parecia evidente que logo ou ele, ou os três companheiros teriam que sair e achar outro lugar, caso não quisessem passar a noite juntos.

O Homem das Andorinhas estava se agitando, talvez para apresentar suas desculpas e os pôr a caminho, quando o Mascate voltou a falar:

– Não, não – disse finalmente para o Homem das Andorinhas. – Conheço o senhor.

Este medo estivera crescendo o dia todo no estômago de Anna. Ela ainda se lembrava muito bem do que o Homem das Andorinhas lhe contara em seu primeiro dia juntos, o que significava ser encontrado.

– Não – disse o Homem das Andorinhas sem olhar para o Mascate –, não acho que conheça.

– Mas seu nome não é Hirschl. É.

O Homem das Andorinhas deu de ombros e virou a cabeça para reb Hirschl. – Meu nome não é Hirschl?

Reb Hirschl não respondeu.

O Mascate desencostou-se do tronco da árvore.

– O senhor é um camarada de aspecto muito peculiar. Seu rosto é muito característico. Já esteve em Łódź? Ou talvez em Berlim?

– Łódź? – perguntou o Homem das Andorinhas. – Uma ou duas vezes. Talvez tenha me visto lá na minha visita.

O Mascate ficou em silêncio por longo tempo, e depois disse:

– É, talvez.

Depois de mais um longo tempo, ficou em pé e começou a colocar a mochila sobre os ombros.

– Devo estar enganado. Não importa.

Mas sua voz não era tão controlável quanto a do Homem das Andorinhas, e não soou como se não importasse.

Quando todas as suas tiras estavam no lugar, todas as fivelas fechadas e as botas bem amarradas, ele se virou para contemplar a escuridão que baixava sobre as árvores.

– Bom – disse –, vou-me embora.

Mas não foi.

Passaram-se mais alguns instantes, antes que finalmente dissesse:

– E se eu pegasse esta sua garotinha para dar uma voltinha comigo? Só pelo prazer da companhia dela, o senhor entende. O senhor conhece o meu estoque; pode escolher o que quiser. Ou ainda melhor, sr. Hirschl, tenho todo tipo de dinheiro. O que acha?

– Obrigado – disse o Homem das Andorinhas, calmo como sempre. – Não.

Anna sabia perfeitamente bem que o Homem das Andorinhas jamais a mandaria para dentro do mato com um estranho, mas não pôde deixar de olhar o armamento que o Mascate tinha em exposição. Sem contar com as armas de fogo, a lâmina da sua baioneta era quase três vezes o comprimento do canivete escondido do Homem das Andorinhas.

– Tem certeza? – perguntou o Mascate. – Faz muito tempo que não tenho companhia.

De modo algum isso fazia sentido para Anna. Eles não tinham acabado de se sentar juntos e conversar com ele durante três horas?

– E o senhor sabe – disse o Mascate –, as árvores novas dão frutos muito doces. Os primeiros frutos são os mais doces de todos. – Então ele riu, alto, agudo e assustador. – Vocês, judeus, não têm uma espécie de festival? Uma comemoração para os primeiros frutos?

Reb Hirschl cuspiu no chão e murmurou em hebraico.

O Homem das Andorinhas permaneceu calmo.

– Acho que simplesmente não tem como.

– Ah, bom – disse o Mascate, um pouco desapontado, e se virou para ir embora.

Enquanto ele seguia em meio às árvores, eles o ouviram gritar por sobre o ombro:

– Então tome cuidado, ganancioso! Se exagerar nesse fruto doce, vai ficar doente!

Naquela noite, eles (ou mais precisamente, o Mascate) já tinham comido a porção reservada para sua refeição noturna, e, sem nada mais para fazer, preparavam-se para dormir.

Anna imediatamente percebeu que seus dois companheiros estavam incomodados. Reb Hirschl andava para lá e para cá devagar, e murmurava, e o Homem das Andorinhas trazia um olhar distante, enquanto, sentado, afiava a lâmina do seu canivete.

Por fim, reb Hirschl falou:

– Não deveríamos ir embora? Procurar outro lugar para passar a noite?

O Homem das Andorinhas franziu o cenho: – Não.

– Mas ele sabe onde estamos. Ela vai passar a noite toda com medo se...

Anna já estava com medo.

– Hirschl – disse o Homem das Andorinhas levantando-se abruptamente, como se tivesse tomado uma decisão. – Vou dar uma volta. Pode me fazer um favor e ficar com ela?

Reb Hirschl olhou como se fosse se opor.

– Está tudo bem – disse o Homem das Andorinhas. – Faça suas preces. Eu voltarei.

Deixou sua maleta e seu guarda-chuva, e saiu para adentrar as árvores.

Reb Hirschl não sabia o que dizer, então se ocupou em rezar, mas mesmo depois de ter terminado, Anna não havia conseguido dormir, apesar de todo seu esforço. Seu estômago doía de tão vazio, e estava ansiosa.

É claro que bem naquela noite a floresta estava silenciosa e parada. Se não fosse para dormir, Anna sonhava com algum som leve em meio à escuridão que pudesse ser interpretado como um sinal de segurança e certeza.

Mas o som não veio.

Passou-se muito tempo, e o Homem das Andorinhas não voltou.

Reb Hirschl não sabia o que dizer a ela. Tudo bem que não soubesse. Anna também não sabia o que fazer, mas em silêncio desejou que reb Hirschl cantasse.

Ele não cantou.

Anna cochilava quando os passos leves do Homem das Andorinhas finalmente se aproximaram, vindos da mata, tornando-se crescentemente audíveis em sua suavidade.

Manteve os olhos fechados e tentou seriamente recuperar o sono. Talvez não quisesse saber o que tinha acontecido. Talvez já soubesse.

O Homem das Andorinhas não falou ao voltar. As primeiras palavras foram ditas por reb Hirschl:

— Onde você conseguiu isso?

Então, Anna entreabriu os olhos e viu o Homem das Andorinhas acrescentando cuidadosamente latas de comida à mochila de reb Hirschl. Nas mãos, o judeu segurava uma garrafa de vodca.

Por um momento, o Homem das Andorinhas permaneceu em silêncio, e depois disse:

— Não havia sentido deixá-la.

Reb Hirschl jogou a garrafa no chão, que caiu com um baque pesado.

— Não — disse baixinho consigo mesmo. — Não, não, não, não.

— Foi rápido — disse o Homem das Andorinhas. — Esperei até ele dormir. Quase não houve dor. Ele mal percebeu.

— E isto faz com que seja certo?

O Homem das Andorinhas suspirou.

— Hirschl, você ouviu o que ele disse. Poderia voltar para buscá-la a qualquer momento. E suas armas eram melhores do que as minhas.

— Então nós nos levantamos e a tiramos daqui! Nós não... nós não...

O Homem das Andorinhas pareceu desgostoso consigo mesmo, e levantou uma lata sem rótulo. Apesar da agitação de reb Hirschl, continuou falando baixinho, ponderadamente:

– Não, um homem como ele sai à caça. Quando quer uma coisa, encontra. Correr, esconder-se, isso é pouco demais, tarde demais.

– E se... e se ele tivesse desistido dela? *Então*, o que você teria feito?

– Existem outras considerações.

– Que outras considerações? O fato de não ter gostado dele? É um homem duro, sim, um homem mau, é claro, não consigo nem imaginar o tipo de coisas que deve ter feito para pôr as mãos num pernil como aquele, mas...

– Aquilo não era um pernil – disse o Homem das Andorinhas, sem levantar os olhos dos seus afazeres. – Era um braço.

Reb Hirschl soltou uma exclamação, levou os dedos aos lábios, e virou a cabeça de lado. Depois de muito tempo começou a sacudir a cabeça.

– Não – disse. – Não, não me importo. Mesmo que seja verdade, passamos por muitos homens tão maus ou piores do que ele para que isso faça diferença. A única razão por ter matado este daqui, e não nenhum dos outros, é porque ele o conhecia. Você ficou com medo.

O Homem das Andorinhas parou de empacotar o que havia trazido, e se virou para reb Hirschl.

– É verdade, não é? – perguntou.

– Não se trata de quão ruim ele era, Hirschl – disse o Homem das Andorinhas lenta e cuidadosamente. – Ele era *perigoso*. O que o leva a pensar que um homem daqueles hesitaria um momento para dizer onde estou, se achasse que isso o beneficiaria?

– O quê? – Reb Hirschl estava realmente chocado. – Pouco me importa quem você seja, e pouco me importa quem saiba disso! Este pensamento, este... Você se tornou um *deles*! É um sanguinário, um... exterminador de vidas! E *por quê*? Para seu nome continuar escondido?

– Basta dizer, Hirschl – disse o Homem das Andorinhas –, que existem coisas a meu respeito que você não sabe. É imperativo que eles não me achem, porque se me acharem, vão me levar embora, e se me tiverem, o *mundo* inteiro vai se tornar eliminador de vidas, como você diz.

"Ouça-me com cuidado, Hirschl: o próprio mundo. O céu vai se incendiar.

"Você é tão narcisista a ponto de pensar que a simples matança de um homem tão desclassificado quanto ele seja um preço excessivo a ser pago para impedir essa possibilidade?"

Reb Hirschl não podia parar de sacudir a cabeça.

– Não sei do que você está falando, quem você é. O que sei é que a vida é que importa. A vida é a única coisa importante. O mundo agora está cheio de homens que decidiram que sabem quem deve morrer e quem deve viver para a Melhoria de Tudo, e pensei que você estivesse entre aqueles de nós que se preocupam o bastante para proteger o sagrado que representa uma única pessoa viva, respirando.

– Não serei um instrumento de morte – disse o Homem das Andorinhas, e esta afirmação pareceu mais definitiva do que qualquer uma que Anna já tivesse ouvido. – É por isso que mantenho meu nome secreto a salvo. A qualquer custo, Hirschl. Qualquer.

– Para impedir que você se transforme num instrumento de morte, você mata?

– Sim – disse o Homem das Andorinhas. – Sim. – E então, quase como uma reflexão tardia: – Cada homem é o guardião de sua própria alma.

– É – disse reb Hirschl –, é, é, é, você é seu próprio guardião, e embora me desgoste ter caminhado ao lado de um extintor de vida, não tenho autoridade sobre você para lhe dizer o que deve ou não fazer. Essa autoridade só pertence a Deus.

Reb Hirschl levou um tempo para se acalmar, mas quando recomeçou a falar, embora com a voz mais suave, a tensão continuava grande, e, apesar do seu esforço, o volume foi aumentando pela agitação.

– De início, vim com você porque me ofereceu sustento quando eu não tinha nenhum. Você, seja quem for, é um homem inteligente, talvez até brilhante, com certeza deve saber que fiquei com você apenas por medo do que pudesse acontecer com aquela menina terna, gentil, de bom coração, que o acompanha. Pensei que a estivesse protegendo da escuridão do mundo aí fora, mas talvez o perigo estivesse andando ao meu lado o tempo todo.

"Como se atreve a se justificar dessa maneira, quando o nome dela está escrito abaixo do seu no Livro de Vida e Morte? O nome que você roubou dela? Como é possível ensiná-la a tirar seu sustento dos corpos dos mortos, quando você se vira e produz mais cadáveres com sua própria mão? Com certeza, seja você quem for, mata para satisfazer seu coração, se for apenas você que importa. O Senhor sabe quantos outros são como você, então vá em frente, faça isso, seja um a mais. Mas se você se atrever a tornar esta menina, uma menina a quem você tem tanto prazer em ensinar, que respira só depois de ver como você o faz, se torná-la igual a você, então é pior do que um assassino, é um fazedor de assassinos, e a manterei longe de você a qualquer custo."

Perante isso, o Homem das Andorinhas cresceu em toda sua imponente estatura. Apesar do crescimento de Anna, ele continuava a assomar sobre ela, e agora também estava muito acima de reb Hirschl. Para ela, o judeu pareceu muito jovial e corado, e o esquelético Homem das Andorinhas muito velho e extenuado, mas, ao falar, foi com uma autoridade férrea.

– Hirschl – disse –, se tentar tirar a menina de mim, mato você.

Era verdade. Não levantou a voz. Fazia-o raramente e nunca com raiva, mas havia algo no tom controlado desta simples frase que soou como inegavelmente verdadeiro, mais crível do que qualquer coisa que já tivesse dito a Anna, em qualquer língua.

Reb Hirschl especulou um pouco antes de responder, e seus olhos deram com Anna. Estava enrodilhada no chão, numa postura adormecida, mas seus olhos estavam escancarados, e a essa altura não tentou esconder o fato de que assistia à briga dos dois.

Primeiro ele a viu, depois percebeu que ela havia acompanhado a conversa toda. Seu maxilar enrijeceu-se, e ele olhou para o Homem das Andorinhas, depois de volta para Anna.

Seus olhos traziam uma pergunta. Uma expectativa.

Talvez ela tivesse sido pega de surpresa, e não entendesse de fato que reb Hirschl queria que falasse em sua defesa.

Talvez ele tivesse superestimado sua precocidade, e simplesmente não estava nela entrar impunemente em tal argumento de morais conflitantes.

Talvez ela sentisse medo de que, aliando-se a reb Hirschl, atraísse para si a ameaça do Homem das Andorinhas.

Talvez estivesse assustada e não conseguisse encontrar as palavras para dizê-las a tempo.

Ou talvez, muito simplesmente, fosse a filha do Homem das Andorinhas.

Anna não falou.

Reb Hirschl suprimiu uma risadinha sem alegria na garganta, e, virando as costas, entrou na floresta escura.

O Homem das Andorinhas sentou-se com força e suspirou. Levou a nova garrafa de vodca aos lábios.

Foi quase uma semana depois que eles encontraram o corpo de reb Hirschl.

Não é bom viver cercado por morte.

Isto é verdade nas mortes que abandonam corpos em salas, ruas e florestas, mas também nas mortes que permanecem detrás das nossas orelhas e alojadas nos cantos das nossas pálpebras como poeira assentada em nossas roupas, ou mesmo terra debaixo das nossas unhas. As mortes que carregamos conosco.

Não é bom viver cercado por morte.

Mas tentar pensar naquele tempo, naqueles dias naquele lugar, sem uma compreensão do horror, é como tentar desenhar os espaços entre os dedos sem uma compreensão dos próprios dedos.

Ainda assim, vou lhe poupar os detalhes do que houve com reb Hirschl.

Quando Anna e o Homem das Andorinhas deram com seu corpo pendurado em uma árvore, desceram-no e o sentaram com as costas apoiadas em um tronco.

Anna não falou.

O Homem das Andorinhas também ficou em silêncio. Não deve ter ajudado o fato de terem usado como laço a linda alça de couro para ombro que o Homem das Andorinhas buscou para ele e seu clarinete. O próprio clarinete não estava à vista.

Parecia não haver palavras dignas de serem pronunciadas imediatamente, em qualquer uma das inúmeras línguas entre Anna e o Homem das Andorinhas. Uma palavra é um momento ínfimo de tempo, dedicado à invocação em voz alta de algum cantinho do que é, digamos, "maçã", ou "correr", até mesmo "total" ou "mistério". Mas não havia nenhum significado, naquele momento, de algo que fosse, apenas do que não era.

Assim, eles ficaram em silêncio diante do corpo de reb Hirschl. Anna chorou. O Homem das Andorinhas não a abraçou.

Ela desejou que houvesse algo que pudesse fazer por reb Hirschl, algum último favor que pudesse lhe prestar, como abotoar seu casaco e espanar seus ombros antes que ele seguisse seu caminho, e isso era ainda mais importante porque ela havia fracassado horrivelmente em lhe dar o que ele quisera, o que ele precisara, na noite em que deixou a companhia deles.

Tentou imaginar o que reb Hirschl teria pedido, mas nenhuma iluminação lhe veio à mente. Nunca havia sido difícil discernir o que agradava esse pobre e terno homem durante a vida, seu prazer não fora resguardado de nenhuma forma, mas o que ele havia *querido* era mais obscuro. Nunca poderia ter sido seriamente elogiado como um homem pouco exigente; sua própria existência tinha levado significativas reservas de energia como prova. Mas, para Anna, foi uma surpresa perceber que não conseguia se lembrar, em um único exemplo, de um pedido que ele tivesse feito em seu próprio benefício.

Quando Anna se perguntou o que ele teria *feito* por si mesmo, no entanto, toda sua incerteza evaporou.

Se tivesse prestado atenção, ela poderia ter se lembrado das palavras da oração, mas Anna ouvira reb Hirschl recitá-la com tanta frequência que, apesar de sua falta de esforço, a cadência e a musicalidade de cada linha, seus graves e agudos, seu ritmo, simplesmente bastavam para reproduzi-la. Como palavras, ela apenas articulou sons. Matraqueou.

O Homem das Andorinhas também tinha ouvido a oração, com a mesma frequência que ela, e, assim que percebeu o que Anna estava fazendo, numa deferência gloriosa e tola à fragilidade, à indulgência, à irracionalidade, juntou-se a ela.

Em vez de palavras sem sentido, no entanto, reproduziu a melodia da oração aos mortos de reb Hirschl, na linguagem dos pássaros.

Ao final da reza, Anna levantou os olhos e por uma fração de segundo pensou que o final de reb Hirschl na árvore, de certa maneira, a deixara encantada. Apesar de ser alto verão, a copa acima deles estava iluminada de cores: amarelo, branco, laranja, verde, um azul iridescente, vermelho, marrom, até mesmo preto. E então, um deles virou a cabeça, e esse movimento despedaçou a mágica em uma centena de pecinhas de céu.

Os passarinhos estavam dispostos ao acaso nos galhos da árvore, amontoados onde quer que coubessem, mas havia um excepcional decoro em seu olhar parado que fez Anna ter muita vontade de recomeçar a chorar.

O Homem das Andorinhas nunca cultivara o hábito específico de se reconhecer surpreso, mas, então, segurou brevemente o fôlego e disse:

– Não... Não pensei que viessem tantos.

Juntou os lábios e chamou, como tinha feito há muitas, muitas vidas na Cracóvia, e como era de se esperar, uma andorinha azulão e laranja esvoaçou para o seu dedo. Cuidadosamente, o Homem das Andorinhas levantou a lapela do casaco de reb Hirschl e aninhou o passarinho dentro do bolso superior, próximo a seu peito imóvel.

— Ela vai ficar ali — disse o Homem das Andorinhas, como se falasse com Anna. — Vai proteger reb Hirschl, manter os abutres afastados. Ele ficará bem. — E depois, repetiu: — Ele ficará bem.

A mente de Anna invocou, subitamente, uma imagem longínqua, quando não restaria nada de reb Hirschl a não ser um esqueleto barbudo, uma época em que a andorinha construiria um ninho para si mesma, dentro das costelas largas do peito do judeu.

Eles saíram dali e andaram quase uma hora, até que Anna fez com que voltassem. Quando retornaram ao corpo, ela logo encontrou o que procurava. Deixar a última palheta de reb Hirschl, embora estivesse rachada, com um cadáver até a eternidade, mesmo sendo o cadáver dele, teria sido uma traição àquilo pelo que reb Hirschl havia vivido. Ela a tirou de sua meia frouxa e caída, e a enfiou na sua.

Anna fez o possível para ignorar o fato de que cada um dos passarinhos, até mesmo a andorinha sentinela que havia sido deixada no bolso do casaco do judeu, tinha ido embora.

Caminhar é uma constante. Não importa o passo ou o andar, primeiro um pé pisa, e depois o outro. Para certas pessoas, isso é uma espécie de conforto, mas é um fato inegável que a batida de dois pares de pés caindo na face da terra cria um repertório empobrecido de ritmos, em comparação com a batida de três.

O Homem das Andorinhas tinha sido estoico desde que Anna o conhecera, mas sempre tinha havido um vigor por detrás dos seus olhos, uma espécie de brilho que a conduzia até pelos períodos mais quietos do seu companheirismo. Agora, se ela chegasse a ter a chance de olhar naqueles olhos, os encontraria frios, cansados, destituídos de propósito, como dois lotes vazios, cujas construções há muito tinham sido esquecidas.

Em silêncio e isolamento, Anna e o Homem das Andorinhas viram o outono chegar.

O Homem das Andorinhas terminou a garrafa de vodca que havia tirado do Mascate, e a deixou vazia na floresta.

O outono começou a passar.

Eles já não falavam muito, e quando o faziam, sua fala tinha um propósito, sobretudo, utilitário. Já não havia histórias, lendas, lições ou explicações de coisas nos termos da estrada.

Anna não havia percebido o quanto o Homem das Andorinhas gostara de reb Hirschl. Talvez nem ele.

O número de comprimidos restantes no vidro marrom do Homem das Andorinhas começou a diminuir cada vez mais, e agora, sempre que ele pegava uma das três pílulas diárias, Anna acostumou-se a ouvi-lo recitar a fórmula curta que reb Hirschl havia lhe ensinado como uma alternativa à sua oração pelos mortos: *Baruch atah, Adonai, mechaye hameytim.*

– Bendito seja, Senhor, que concedes vida aos mortos.

Talvez não seja surpresa que esta fórmula fosse pronunciada três vezes por dia, com um travo amargo.

Com a aproximação do início do inverno, o número de pílulas restantes nas reservas do Homem das Andorinhas caiu tanto que as drágeas chacoalhavam no vidro a cada passo que ele dava. Anna tinha certeza de que, agora, a qualquer dia eles fariam uma de suas raras paradas numa cidade. Ela se perguntou se, desta vez, lhe seria permitido sair da floresta, ou se, como da última vez, seria deixada em meio às árvores.

Mas nada disso aconteceu. Os comprimidos simplesmente acabaram, e quase que imediatamente o Homem das Andorinhas se tornou algo aterrorizante.

O Homem das Andorinhas não era uma pessoa fácil de se estar por perto, se você não estivesse seguro da sua amizade. Havia uma espécie de ameaça latente que parecia viver por trás dos seus olhos, e se ele não fosse um homem em quem você soubesse como confiar, então, a segurança silenciosa, a postura hostil, a contenção, o senso de espera e antecipação em seus músculos inativos, o que quer que fosse que fizesse dele o Homem das Andorinhas e não simplesmente um estranho alto poderia ser um terror.

Esse aspecto foi exatamente a primeira parte dele que se foi. Ele se tornou nervoso, e a segurança tranquila em torno da qual todo seu ser parecia ter sido construído transformou-se rapidamente em uma retorcida coluna de ansiedade. Repentinamente, Anna viajava com um estranho.

O inverno havia chegado. Nos dois anteriores, eles não tinham parado da maneira que haviam feito antes, mas agora estavam novamente sem reb Hirschl, e Anna não conseguia imaginar mais um inverno itinerante sem seu antigo Homem das Andorinhas para ajudar. E ele mal era a mesma pessoa. Começou a refazer rotas, às vezes indo para lá e para cá no centro de um vale, repetidamente, indo e vindo novamente durante um dia todo.

Parou de amolar seu canivete.

Transpirava profusamente, apesar do frio extremo.

Suas mãos começaram a tremer.

Sempre houvera uma confiança não verbalizada entre Anna e o Homem das Andorinhas, e raramente ela se sentia compelida a lhe falar diretamente sobre assuntos práticos, mas agora ele parecia tomar decisões quase que completamente ao acaso, e quando ela o interpelou, perguntando sobre seus planos para eles, ele ficou irritado e lhe disse coisas ácidas e dolorosas, em sua voz suave e plácida. Mais tarde, não demonstrou a menor lembrança de que isso houvesse ocorrido.

Ela acabou tendo que parar de perguntar.

Quando ele andava (que, agora, era a todo momento em que estava acordado, até mesmo caminhando em círculos ao redor de Anna, depois que ela dormia), esfregava as mãos uma na outra, ou torcia os longos dedos de uma das mãos em torno dos nós dos dedos da outra.

Se precisasse, Anna poderia fingir para si mesma que ele não estava perdendo peso, ficando ainda mais magro, que seu esqueleto não estava começando a aparecer debaixo da pele fina como papel e cadavérica, mesmo apesar do aumento do seu apetite. Se precisasse, Anna poderia simplesmente deixar de pensar nisso. Mas quando o cabelo dele começou a cair, ela soube que as coisas não voltariam ao normal por si sós.

Logo ele começou a falar sem parar, dizendo coisas estranhas e sem nexo, coisas que ela não conseguia entender mesmo quando conhecia a língua em que ele estava falando. Levou tempo demais para Anna finalmente perceber que não era culpa sua o fato de não conseguir entendê-lo, que as coisas que ele dizia eram, na melhor das hipóteses, pequenos fragmentos de lucidez, espalhados tão ao acaso, e tão embolados, que acabavam encobrindo todo seu significado. Por fim, exaurida com a futilidade da tentativa, ela desistiu definitivamente de tentar falar com ele.

Naqueles dias, ele quase sempre andava tão rápido que Anna não conseguia acompanhá-lo, e no dia em que parou de tentar se comunicar com ele, fez sua pergunta para as costas dele, a meia distância, mais alto do que ele jamais acharia prudente, caso estivesse em seu juízo perfeito.

A pergunta em si não era particularmente extraordinária, alguma curiosidade imaginada, alguma indagação sem sentido sobre o caminho, e alguns dias depois ela não conseguia se lembrar do que havia perguntado.

Mas o importante não era isso. O importante foi a resposta do Homem das Andorinhas.

Ele não diminuiu o ritmo, não parou, não virou a cabeça, nem mesmo acelerou o passo. Apenas continuou andando firme. Andando para longe dela.

Nunca o Homem das Andorinhas deixara de responder a uma pergunta de Anna, ainda que a resposta pudesse lhe parecer insatisfatória. Aquele momento específico – a sensação da inevitável compreensão de que o Homem das Andorinhas estava além do seu alcance – foi o mais solitário e o mais isolado que Anna já vivenciara em sua curta vida, comprida em solidão.

Algo estava obviamente acontecendo – obviamente *tinha* acontecido – e não era difícil perceber que fosse algo perigoso. Claro que Anna se magoou por já não ser mais a pessoa mais próxima do Homem das Andorinhas, mas à parte tudo isso, e à parte, até, da aterrorizante, imensa questão da sua saúde, as coisas logicamente não podiam continuar piorando daquele jeito, caso ela quisesse que os dois sobrevivessem por muito tempo.

De início, o *dwór* era para ser apenas um expediente temporário. A situação era completamente inadequada, a aldeia próxima era pequena demais e estava perto demais. Além disso, todos lá eram conhecidos. Teria sido quase impossível Anna andar pelas ruas sem sentir como se aqueles pelos quais passava sabiam que ela não deveria estar ali. Sob quaisquer outras circunstâncias, teria passado pelo *dwór* a certa distância, mas na hora, precisava sentir como se estivesse no controle do que estava acontecendo, e, mesmo que fosse falso, uma arena fechada por algumas horas pelo menos lhe daria a *ilusão* de algum controle. Se tivesse sentimentos de culpa pelo pensamento de enclausurar seu Homem das Andorinhas, bom, seriam facilmente mitigados por seu comportamento cada vez mais selvagem e imprevisível.

Além disso, era um lugar tão lindo!

Um *dwór* é uma mansão polonesa, uma residência da nobreza construída em uma propriedade rural, e esta era tão antiga, tão majestosa e tão imensa quanto qualquer outra. Os tetos eram entalhados, o desenho da madeira à mostra, e as janelas eram de vidro verde. Os cômodos e corredores espalhavam-se a esmo, sem fim, na visão de Anna, em todas as direções, para trás e para fora, saindo do grande pórtico no centro da casa.

No momento em que viu aquele pórtico de colunas altas e poderosas, ficou entusiasmada. Imediatamente, elas lhe fizeram lembrar o palácio atrás do rei Salomão em seu livro de contos infantis ilustrados, na Cracóvia, e, de certo modo, sentiu que se pudesse tornar aquele *dwór* o lugar ao qual pertencesse, se pudesse descobrir uma maneira de ficar em frente a ele, do mesmo jeito que Salomão estava em frente ao seu palácio, isso a deixaria segura, próspera e grande, como se simplesmente o fato de pertencer àquele lugar pudesse curar o Homem das Andorinhas.

Talvez não fosse exatamente o pertencer *àquele lugar* que Anna quisesse com tanto empenho, de maneira quase espiritual, mas simplesmente pertencer a *algum lugar*.

Era a maior casa particular que ela já tinha visto. Menina urbana que era, Anna pensou, a princípio, que deveria ser alguma grande e antiga construção rural de apartamentos, mas, assim que entraram, o Homem das Andorinhas identificou-a.

– Ah – disse em russo, a ninguém em especial –, um lugar para fazer as pessoas pensarem que são melhores do que outras. – E cuspiu no chão.

Era evidente que em algum momento o *dwór* havia sido usado pelos alemães como uma espécie de centro de comando regional, ou escritório burocrático de campanha, mas não deviam ter ficado lá por muito tempo, porque a casa parecia congelada em transição.

Em um dormitório, cortinas luxuosas emolduravam as janelas, um estofado elegante adornava os móveis, e a cobertura de linho, na majestosa cama de dossel meticulosamente feita, tinha sido escolhida para combinar com a paleta de cores esboçada no magnífico papel de parede. Tudo, sob a camada de poeira, tinha essa preocupação, a um ponto que Anna nunca havia visto.

Diretamente do outro lado do corredor, no entanto, um cômodo projetado exatamente com o mesmo nível de cuidado meticuloso virara uma confusão, com móveis incompatíveis de todos os cantos da casa: poltronas, banquinhos simples de madeira com três pernas, um sofá de braços num cetim de listras em cor forte sobre fundo branco, um banco de jardim, até um sofá aveludado cinza-escuro, tudo amontoado em volta de uma mesa de jantar larga, que tinha sido forçada para dentro do quarto, empurrando a cama deselegantemente contra a parede. Sobre o belo papel de parede, fora pregado um mapa regional torto. Guimbas de cigarro forravam o chão; por toda parte havia papéis, canecas e latas de comida vazias.

Era como se dois lugares tentassem ocupar a mesma casa ao mesmo tempo: o primeiro, uma elegante residência da aristocracia, e o outro, um comando industrial-militar.

Era difícil saber quem ser naquela casa.

No começo, Anna preocupou-se que talvez eles pudessem dobrar algum corredor e dar de cara com um grupo de soldados alemães. Depois, uma vez que ficou claro que todos tinham ido embora, preocupou-se com que eles pudessem voltar a qualquer momento. Em pouco tempo, no entanto, passou por uma porta e viu a razão de eles terem ido embora: tão imensa quanto a casa ainda era, um terço dela havia sido demolido por uma bomba, granada, ou algum outro tipo de explosivo. Tudo permanecia onde havia caído em uma enorme pilha de escombros.

Talvez fossem mesmo três lugares tentando ocupar a casa, então: a elegante mansão rural, o posto de comando militar e o templo dilapidado e caótico da destruição.

Anna decidiu simplesmente ignorar a mão fria, azul e congelada na extremidade do braço uniformizado que se erguia dos detritos. Era melhor ficar longe do terço destruído da casa. Melhor não encarar os fatos.

No início, Anna acalentou a esperança de que eles pudessem deparar com alguma despensa bem provida e esquecida, mas quaisquer que fossem os alimentos existentes no *dwór* há muito tinham sido comidos ou levados por soldados em retirada, ou ainda por outros saqueadores como eles. A barriga de Anna reclamava o tempo todo de fome. A mente do Homem das Andorinhas estava agora além de considerações práticas, e ela sabia que se não encontrasse algo para comer, ninguém o faria. Logo não sobraria nada de nenhum deles para sentir fome.

Anna nunca pensou no Homem das Andorinhas faminto. Para ela, parecia impossível que ele morresse da mesma maneira comum dos outros homens, mas tinha um medo muito palpável de que ele continuasse a ficar cada vez mais esquelético, até que um dia suas roupas simplesmente caíssem no chão, vazias, e ele tivesse partido.

O problema era que Anna não conseguia simplesmente mandá-lo ficar em um lugar. Não importa o que ela fizesse, o Homem das Andorinhas perambularia, andaria de lá para cá e ficaria vagando, e era só por seus contínuos esforços que ele permanecia dentro da casa. Ela tinha pavor de que, se saísse pela cidade atrás de comida, as andanças dele o pudessem levar para fora, para longe do *dwór*, e para longe dela. Pior ainda, para onde as pessoas o pudessem achar, e quem poderia dizer que fim teria isso?

Finalmente, contudo, a resposta surgiu por si mesma.

Anna havia passado dois dias, agora, deitada de costas, tentando se convencer de que não estava tão faminta quanto estava. Seguir vagamente o Homem das Andorinhas pelo *dwór* era sua única quebra dessa atividade, e ele tinha suas próprias inclinações indefinidas de caminhadas, que ela achava mais exaustivas do que desconcertantes. Podia ficar parado em um lugar, examinando alguma faceta da madeira durante uma hora, ou passar muito tempo andando pelo quadriculado formado pelas lajotas do chão da cozinha, atravessando o cômodo para lá e para cá, para lá e para cá. Mesmo quando estava apenas assombrando os corredores, ela não podia ter certeza de que ele não iria, sem explicação, parar com isso e fugir a toda a velocidade por alguma passagem. Depois de um tempo, desde que pudesse observá-lo com uma proximidade suficiente para saber que ele ainda estava dentro da casa, sentia-se contente por não ficar pairando acima dele. Uma vez a cada duas horas ia em seu encalço, seguindo os ruídos que todas as velhas casas de madeira fazem quando até mesmo os pés mais leves pressionam contra as tábuas do assoalho, até encontrá-lo conversando consigo mesmo na capela, ou correndo os dedos com cuidado sobre cada candelabro de parede na passagem do andar de baixo.

Um dia, no entanto, Anna acordou do tipo de sono diurno que nunca consegue prevalecer sobre a fome que devora seu estômago, e não conseguiu descobrir o som dos passos do Homem das Andorinhas em lugar algum. Seu primeiro pensamento apavorado foi que ele devia ter vagado para longe da casa, mas não havia marcas de pegadas na neve e ele não conseguiria sequer caminhar com tanta leveza. Vasculhou o *dwór*, mas o único sinal dele que encontrou foi o par de elegantes luvas de couro, que lhe dera em Belarus, jogado em uma bacia cheia de água, a tira de gaze enrolada ensopada no final do dedo mindinho direito.

Na ala leste da casa, em um andar superior, havia uma porta de madeira escura que conseguira se manter fechada e trancada, apesar de todo o tumulto pelo qual o *dwór* passara. Incontáveis vezes Anna tinha visto o Homem das Andorinhas subir até ela, colocar a mão de leve em sua maçaneta impassível, e, sentindo-a imóvel, passar para outras dependências da casa. Foi em frente a essa porta fechada que ela o encontrou naquele dia, apoiado nos joelhos, a cabeça abaixada de modo que pudesse ter a fechadura ao nível do olho. Justamente quando ela entrou no corredor, ele conseguiu soltar o mecanismo da tranca com a ponta do seu canivete, e a lingueta correu para trás com um som oco.

O Homem das Andorinhas exultou de alegria.

Aquela era uma biblioteca, o escritório de um nobre, equipado com madeira escura e forrado com centenas de livros encadernados em marroquim. Desde o momento em que o Homem das Andorinhas entrou ali, nunca demonstrou nenhuma inclinação para sair.

Eles tinham andado dormindo na cozinha, na parte mais baixa da casa. O enorme fogão tinha um grande suprimento de lenha cortada, empilhada ao lado, e o calor do fogo sempre bastara para persuadir o Homem das Andorinhas a ficar lá embaixo. Mas naquela noite ele não veio, e então passou a ser simplesmente um dever de Anna carregar a lenha para cima, pela comprida escada que saía da cozinha até a pequena lareira na biblioteca, no alto da casa.

A verdade é que era mais confortável dormir ali. Embora a lareira fosse menor, o cômodo também era, e enquanto que na cozinha ela podia ser acordada subitamente por uma corrente de ar durante a noite, na biblioteca ela nunca estava fria demais para dormir. A lareira estava instalada bem no fundo do seu próprio recesso reforçado, e a única janela estava coberta com uma cortina marrom pesada, que deixava o escritório na penumbra não importa a hora do dia ou da noite.

Embora continuasse em movimento, o Homem das Andorinhas nem uma vez, ao longo do dia, fez qualquer menção de deixar seu novo refúgio, e Anna disse a si mesma que se ele passasse mais um dia dentro do escritório por sua própria escolha, seria seguro deixá-lo ali no terceiro e sair à procura de comida.

O problema foi que no final do primeiro dia, ela com prazer teria passado mais uma semana sem comer, para evitar ter que ficar até mais um instante com ele no escritório. Pelo menos, quando o Homem das Andorinhas teve espaço para perambular, suas psicoses permaneceram, em sua maior parte, dentro dele. Ela conseguira lidar com o pouco que ultrapassava os limites da sua mente, bloqueando a maioria do que ele murmurava, desde que não precisassem ficar muito próximos; mas agora que descobrira seu refúgio, o Homem das Andorinhas começava a transfigurá-lo em um diorama de sua mente extravasada, e Anna não conseguia suportar observá-lo fazendo isso, nem evitar a observação.

Foi um processo lento. A primeira coisa que ele fez foi desfazer sua maleta com cuidado. Coisas importantes, como suas roupas elegantes e seus documentos de identidade, foram atiradas sem cerimônia num canto. Coisas como a amassada caneca de lata, seu estojo de óculos, sua pedra de amolar assumiram um lugar de especial relevância, meticulosamente dispostas como oferendas em um altar, sobre a escrivaninha que ele trouxera para frente da porta.

O grande guarda-chuva preto foi aberto e preso pela ponta ao pequeno lustre que pendia do teto, como se a qualquer momento pudesse começar a chover sobre ele.

E então, ele começou com os livros. Todos eles.

Em uma atividade furiosa, tirou-os dos seus lugares nas prateleiras e os colocou em pilhas caóticas no chão. Depois, cada volume passou a ser pego sucessivamente, e ambos os lados de cada página eram rápida, mas intensamente examinados. Esse procedimento era ocasionalmente realizado com o livro de cabeça para baixo. A maioria dos volumes foi abandonada incólume, mas alguns, aqueles que recebiam seu desdém imediato, eram imediatamente atirados na lareira.

No entanto, as páginas que particularmente o agradavam (e essas pareciam não ter nada em comum que as destacasse) eram cuidadosamente cortadas de sua encadernação, e logo se formou uma composição de páginas, dispostas em sequências concêntricas, semicirculares, como raios saindo do sol, emanando da lareira.

A intervalos totalmente imprevistos, o Homem das Andorinhas interrompia seu trabalho com um sobressalto, consultava o mostrador imóvel do seu relógio de bolso quebrado e corria para sua maleta.

No princípio, Anna não conseguia ver o que ele estava fazendo, mas este comportamento repetiu-se com grande frequência, e, apesar do medo, ela não pôde deixar de se posicionar para obter uma visão melhor.

Era uma coisinha minúscula, que ela nunca tinha visto, um sapatinho, pequeno demais para alguém que não fosse um bebê, coberto por minúsculas contas brilhantes rosa, brancas e douradas, as quais, uma de cada vez, o Homem das Andorinhas arrancava e engolia com um copo inteiro de água.

Anna não precisou ouvir o que ele sussurrava, para saber as palavras.

Baruch atah, Adonai, mechaye hameytim.

Talvez a parte mais perturbadora do seu ritual de nidificação tenha sido o momento em que, com grande cuidado e numa cerimônia terrível, usou sua pedra de amolar para estilhaçar seu espelho de mão. Ele o havia pendurado atrás da porta da biblioteca, e frequentemente olhava para ele por longos períodos ininterruptos de imobilidade, encerrados, inesperadamente, num grande frenesi, jogando-se, a seguir, de volta aos livros.

Depois que um espelho é quebrado, não tem como ser refeito.

Agora, qualquer que fosse o caminho de comunicação havido entre os dois, não apenas estava vazio, mas obstruído, arruinado, bloqueado da parte do Homem das Andorinhas, e se alguma vez Anna falasse com ele em meio a toda esta tarefa, era recebida com uma repreensão histérica: – Agora não, Greta.

Anna não tinha a menor ideia de quem fosse Greta.

Tudo isso era perturbador, com certeza, até muito apavorante, mas o que acabou fazendo Anna perder o controle foi o canto.

Houvera um tempo em que ela abraçou com entusiasmo a ideia de que ela e o Homem das Andorinhas eram dois conservacionistas aliados, seguindo o último exemplar de um pássaro raro e lindo, em uma zona de batalha na qual um grupo infindável de Lobos e um Grande Urso do tamanho de um continente empenhavam-se numa guerra sem fim. O Homem das Andorinhas era um maravilhoso e convincente contador de histórias, e ela era muito sedenta por histórias, mas algo no assassinato do Mascate, ou na morte de reb Hirschl havia lhe mostrado a verdade escondida sob a história escondida sob a verdade do mundo.

Anna já não podia afirmar honestamente sua certeza de que um soldado da Alemanha não fosse simplesmente um soldado da Alemanha.

Isso não quer dizer que ela tivesse deixado, de alguma maneira, de pensar nos alemães como Lobos, ou nos soviéticos como um Grande Urso; apenas, talvez, que tenha aprendido tarde a maneira como o resto do mundo entende as histórias, não como verdades irrevogavelmente factuais, absolutas, que simplesmente não existem, mas como alegorias ou metáforas inconsistentes.

Seja como for, quando eles se instalaram no *dwór*, Anna já não acreditava nessas coisas da maneira como acreditou na primeira vez em que as ouvira.

Até que o Homem das Andorinhas começou a cantar.

Não era uma certeza. Na verdade, talvez a melhor maneira de entender seu medo seja esta: era uma grave incerteza.

Este homem a quem ela amava, que com certeza era responsável por sua presente existência no mundo, que em silêncio e placidamente, sem reclamar e sem hesitação, cuidara dela sob as circunstâncias mais desesperadoras e extremas, este homem estava perdendo o cabelo. Estava se acabando.

Ao que parecia, sua mente estava se tornando, a cada minuto, cada vez menos humana.

E agora, com muita constância, ele inclinava a cabeça de lado, ali, em seu refúgio de loucura, e cantava para si mesmo, com risadinhas, pios e gorjeios na linguagem dos pássaros.

Como ela poderia saber? Como poderia ter segurança de que ele mesmo não estava aos poucos se transformando num pássaro? Ou melhor, que não estava, aos poucos, voltando à sua forma natural? Que numa manhã não abriria as asas e iria embora, voando para o céu?

E então, como ela o seguiria? Apesar de sua promessa, ele nunca lhe ensinara os sinais.

Ele desapareceria.

Anna não queria pensar nisso. Anna queria ficar longe daquele cômodo.

Na noite depois do primeiro dia completo no escritório, Anna acordou com o som de vidro estilhaçado, e, coração na boca, se sentou abruptamente, mas não era o som de um grande pássaro escapando por uma janela fechada, era o som de um homem perturbado quebrando um pequeno pote que, até aquela noite, guardara suas posses mais valiosas: cigarros e fósforos.

Observou-o, por cerca de dez minutos, sob o tênue brilho do fogo que morria: agachado, olhos insanos, fixos em sua tarefa. Ele estava brincando com fogo, desmantelando sua caixa de fósforos aos poucos, queimando a lateral de riscar com um dos fósforos, raspando o resíduo com um caco do vidro grosso do pote. Anna não sabia se ficava triste ou amedrontada com esse experimento maluco, e finalmente adormeceu com a exaustão de abrigar questões tão imensas comprimidas dentro de si.

Espécies ameaçadas

No segundo dia, de manhã cedo, Anna saiu para vagar sozinha pelo *dwór*. Por um momento, temeu que o Homem das Andorinhas pudesse segui-la lá fora, mas ele não o fez, e, para sua grande vergonha, por um instante ela pensou em simplesmente abandonar a velha casa e deixá-lo ali, indo para a floresta, as planícies e os pântanos para se defender por si só.

Mas não fez isso.

Voltou à noite para o escritório, onde estava o Homem das Andorinhas envolvido em seu casaco, arrulhando para si mesmo, um livro apoiado nos joelhos. Nada no comportamento dele indicava que tivesse notado a sua chegada, ou mesmo sua partida mais cedo. De manhã, ela pensou, sairia novamente e iria arrumar comida na cidade.

Mas não foi.

Novamente, Anna foi acordada durante a noite, mas dessa vez o Homem das Andorinhas também o foi, e, como um animal, pulou para se defender.

Havia vozes nos corredores, e pisadas fortes.

O som era obscuro. Quem poderia dizer quantos eram? Na noite anterior, ela havia acordado sem saber se deveria ficar triste ou com medo. Agora, só havia um sentimento nela: terror puro e absoluto.

Anna ficou surpresa ao perceber que estava com medo não dos soldados alemães, nem dos invasores soviéticos, nem mesmo dos poloneses locais; em vez disso, descobriu que sentia medo do Mascate, profundamente convencida de que, com a garganta aberta ou não, iria atrás de onde quer que eles fossem. Ele os encontraria.

O Homem das Andorinhas estava de pé, leve e ágil, antes mesmo de haver tempo para falar. Esta foi a primeira vez que Anna viu o revólver, que ele tirou do fundo da maleta e enfiou na parte de trás da calça, sob a barra de sua camisa solta e folgada. Ela não achou aquela presença reconfortante.

Em um rompante, o Homem das Andorinhas estava fora do escritório, e Anna correu para acompanhá-lo, mas, antes que tivesse chegado à porta, ele se virou para apanhar o casacão comprido com o qual envolveu seu físico delgado, como um manto protetor de encorpada escuridão. Suas mãos escorregaram para dentro dos bolsos fundos, e novamente ele se arremessou, leve e silencioso, pelo corredor.

As botas barulhentas que eles ouviram pertenciam, por sorte, apenas a dois meninos locais. Nenhum deles poderia ser nem um punhado de anos mais velho do que Anna, mas se achavam terrivelmente importantes, terrivelmente adultos, ao empreender sua missão até o *dwór*, na colina. A forte bebida de grãos destilados, furtada de debaixo do travesseiro de um irmão mais velho era, logicamente, parte integrante dessa maturidade.

Anna ouviu-os conversando antes de vê-los, e o zunido da bebida na garrafinha que eles passavam de um para o outro só aumentou a falta que sentia de reb Hirschl.

– Não, idiota, vi fumaça. Juro.

– Tem certeza que veio daqui? Tem fumaça por todo canto hoje em dia.

– Tenho, estúpido! Estava saindo de uma das chaminés. Se tiver alguém aqui pegando coisas, meu pai vai querer saber. Ele diz que se tem alguém que merece esta propriedade, somos nós. Nossa família vem trabalhando nestas terras antes mesmo que existisse um *dwór* aqui.

– Tudo bem, mas estou com frio. Quando eu estiver certo, e este lugar estiver tão vazio quanto sempre esteve, podemos ir pra casa?

Suas pequenas botas e vozes aproximaram-se. A qualquer momento, ao que parecia, eles contornariam o corredor e descobririam Anna e o louco Homem das Andorinhas, e não haveria nada que os dois pudessem fazer para impedir os meninos de dar o alarme. Mas, assim que os meninos apareceram, o Homem das Andorinhas enfiou-a na pequena entrada de uma passagem atrás dele e se recostou para trás, contra a parede, semiescondido na própria sombra do corredor.

O tremeluzir distinto do lampião excessivamente claro dos meninos servia para dois propósitos: mantinha seus rostos redondos e jovens muito bem iluminados e os deixava cegos para os conteúdos furtivos do escuro. Inadvertidamente, Anna repetiu em sua mente a velha lição do Homem das Andorinhas: *Carregar luz na escuridão é um convite a ser morto. Aprenda a enxergar no escuro.*

– Vocês precisam tomar mais cuidado quanto a reivindicar coisas que não lhes pertencem – disse o Homem das Andorinhas baixinho, dirigindo os olhos para um ponto no espaço logo acima da cabeça dos meninos.

O menino mais velho xingou e de tanto medo quase deixou cair a garrafinha, mas o mais novo fez o que garotinhos sempre aprendem a fazer em épocas de conflitos e guerra: levantou a pistola do pai e a apontou para o rosto do Homem das Andorinhas.

O Homem das Andorinhas não recuou; não moveu nem o menor dos músculos, apesar da arma contestadora que silenciosamente punha-se a pressionar seu cabo em suas costas. Era como se ele estivesse completamente alheio ao fato de estar sob ameaça, ou como se simplesmente não se importasse.

Esta segunda possibilidade era a que mais preocupava Anna.

– Ela é – disse o menino mais novo. – Esta casa é minha. Minha família merece ficar com ela. E afinal, quem é *você*? Este lugar não é seu. Nunca vi você antes, e conheço todos os membros da família que costumavam viver aqui.

– Não – disse o Homem das Andorinhas, esfregando as palmas das mãos com suavidade, repetidamente. – Não, nunca vivi aqui. Todos os lugares como este me pertencem. Casas nobres, vazias, semidevoradas, rios ao luar, florestas de silêncio; esses lugares me pertencem de uma maneira que nunca podem pertencer a pessoas que apenas *vivem* neles. Esses lugares são *meus*.

Anna acreditou nele. Tinha certeza de que sabia, tão bem quanto qualquer outro ser vivo, quem e o que era o Homem das Andorinhas. Tinha sido acolhida para viver dentro da sua cortina, mas mesmo assim, acreditava nele quando dizia essas coisas impossíveis. Porque ele estava falando a verdade. E isso levou seu coração embora.

O menino mais velho estava claramente muito abalado. Ninguém que fosse humano faria as afirmações que o Homem das Andorinhas estava fazendo.

– Quem? – ele disse. – Quem é você?

O Homem das Andorinhas desviou a cabeça da pistola e fixou os olhos nos olhos do menino rechonchudo que não parava de piscar.

– Você não sabe? – disse, e sorriu de modo claramente inamistoso.

O menino mais velho, que carregava a garrafa em uma das mãos e o lampião na outra, recuou lentamente.

– Sergiusz – ele disse. – Sergiusz, sou Boruta.

Anna não conseguia se lembrar de jeito nenhum da primeira pessoa que lhe falou sobre Boruta; era o tipo de bicho-papão que parece se infiltrar, sem ser convidado, na mente das crianças. Como todas as crianças da Polônia, ela o conhecia muito bem, e, embora tivesse se apressado a garantir a si mesma que aquilo não era verdade, que o Homem das Andorinhas e Boruta não eram a mesma coisa, parecia um medo apropriado, talvez mais apropriado do que o menino sabia.

Boruta é um demônio bem conhecido da cultura popular e erudita polonesa, alguém que fica à espreita em pântanos e florestas, um trapaceiro, alto, magro, olhos escuros, muito famoso por ter conseguido o castelo de um rei do século XIV, tirando sua carruagem da lama. Como a maioria dos diabos, semideuses e demônios, Boruta frequentemente é encontrado em formas diferentes da sua, às vezes como uma velha coruja, um peixe chifrudo, mas, com mais frequência, como um pássaro enorme, preto, de asas imensas.

Não era verdade. O Homem das Andorinhas de Anna era esperto e usava histórias para se cobrir e se proteger, como se fossem uma armadura. Esta era apenas uma das suas histórias.

Não era verdade.

Exceto no sentido de que todas as histórias que o Homem das Andorinhas contava eram verdadeiras, o que era uma sensação muito real. Imóvel atrás dele, Anna lutou muito contra a vontade de sacudir fisicamente da sua cabeça a ideia de Boruta o Homem das Andorinhas.

Sergiusz, cujo braço trêmulo começava a se cansar de ficar esticado, segurando a pistola, riu, um pouquinho alto demais, e com um pouquinho de insistência demais para a escuridão do corredor.

– É claro que este não é o Boruta. Boruta não passa de uma história.

O Homem das Andorinhas não disse nada.

– E, além disso – disse –, Boruta é de Łęczyca, e Łęczyca fica a centenas de quilômetros daqui. Por que ele estaria aqui?

O Homem das Andorinhas franziu o cenho e deu de ombros, ocupando-se em inspecionar suas unhas.

– Ah, a guerra faz todo mundo se movimentar. Vocês, meninos, ainda não conhecem os efeitos de uma guerra. Verão. Conheci mais guerras, começo e fim, do que a quantidade de dentinhos que vocês têm na boca.

O menino grande, nervoso, conferiu os dentes com a ponta da língua.

– Isto é ridículo – disse Sergiusz. – Você não passa de algum velho cigano andarilho, ou coisa assim. Vou contar pro meu pai a seu respeito, e você jamais chegará ao fim *desta* guerra.

O Homem das Andorinhas estivera recostado na parede, e agora se endireitou, assumindo sua alongada e absurda altura total. Não parecia bravo, ao falar, e isso, talvez, fosse o mais assustador.

– Não é prudente falar com tanta certeza de coisas que você não entende – disse o Homem das Andorinhas.

Ao se empertigar, tinha enfiado as mãos nos bolsos profundos do seu casaco, e agora as retirava num gesto grave, começando, como antes, a esfregá-las suavemente uma na outra.

– Você verá, Sergiusz, que em tais circunstâncias nem sempre você está certo.

O menino grande ficou sem fôlego e deixou cair o lampião que se apagou rapidamente. Na escuridão repentina era muito mais fácil ver o que estava acontecendo.

Anna estava em pé atrás do Homem das Andorinhas, então, a primeira coisa que viu foi um brilho fraco, pálido, tremeluzente, que mal iluminava os rostos pálidos dos meninos.

No lugar onde as mãos se esfregavam uma na outra, a pele do Homem das Andorinhas começou a soltar fumaça, e depois a brilhar com um discreto fogo verde.

Os meninos novos são coisas bobas e impulsivas. Mesmo quando fogem apavorados, mesmo quando estão assustados e inseguros, disparam as pistolas do pai, ainda que às cegas, e mesmo quando estão fugindo do grande demônio Boruta.

Anna chorava enquanto arrastava o Homem das Andorinhas de volta para seu escritório, e estava aterrorizada, em pânico. Até onde sabia, estava arrastando um demônio para um lugar seguro, mas mesmo isso não era o que a deixava tão apavorada; até onde sabia, estava arrastando um demônio para um lugar seguro, e o que mais a aterrorizava era o fato de não se incomodar.

Quando começou a movê-lo, o Homem das Andorinhas estava rindo, e quando o instalou de volta na biblioteca, chilreava como um passarinho. Ela não fazia ideia de quando se dera a transição entre as duas coisas.

Anna antecipou uma batalha terrível para pô-lo em pé, tirá-lo de lá, mas, mesmo em sua loucura, o Homem das Andorinhas sabia, tanto quanto ela, que aqueles meninos não esqueceriam tão cedo o que lhes acontecera no grande *dwór* da colina, e que, pretendendo ou não voltar para lá por si mesmos, as histórias que contassem logo trariam outros para bisbilhotar.

Seu principal esforço era encontrar uma maneira de ele caminhar. Tinha sido atingido, ferido no quadril por no mínimo uma bala, e não podia se apoiar na perna direita. Sua incapacidade, no entanto, não o impediu de tentar, e, enquanto Anna corria pelo cômodo, recolhendo tantos pertences do Homem das Andorinhas quantos pudesse apanhar, ele pousou repetidamente seu pé no chão, de leve, e repetidamente abafou um grito de dor.

Anna tentava fazê-lo se apoiar no seu ombro, o que exigia que ele se curvasse, quando encontrou a solução. O guarda-chuva era comprido e resistente, e, se fosse usado como bengala, o Homem das Andorinhas poderia locomover-se rapidamente com um mínimo de dor.

Mas foi quando eles começaram a se mover que os verdadeiros problemas começaram.

Não que ele não entendesse a importância de se mover com rapidez, Anna acreditava firmemente nisso, mas ela havia perdido a conta do número de dias em que ele não ingeria nada além de contas; o pior é que assim que eles saíram às pressas do *dwór*, ela pôde ver gotinhas de sangue deixando uma trilha à sua passagem na neve, como as migalhas de João e Maria. Ele estava perdendo sangue rapidamente, e, por mais convicção que os dois tivessem, poderia ser apenas uma questão de tempo para que ele caísse, e quando isso acontecesse, era bem possível que nunca mais voltasse a se levantar.

Cada passo que davam parecia um passo em direção à morte, mas, mesmo assim, Anna sabia que eles não poderiam parar. Mesmo que encontrassem um lugar para descansar, continuavam perto demais do *dwór* para ser seguro, e, não obstante estarem parados ou em movimento, ainda havia, além de tudo, uma trilha de sangue que poderia levar qualquer perseguidor minimamente diligente diretamente a eles.

Não havia motivo para continuar andando, exceto que parar seria pior.

Anna estava com frio, mas caminhava.

Anna estava cansada, mas caminhava.

Anna sentia fome, mas mesmo assim caminhava, sem saber se o Homem das Andorinhas conseguiria continuar sem seu exemplo. Tinha tanta certeza, então, como sempre tivera, que estava face a face com sua própria morte. E ainda assim, Anna caminhava. Mais do que nunca, teria sido fácil simplesmente se deitar na neve e desistir, e depois de duas horas de uma jornada árdua, a perspectiva parecia ainda mais maravilhosamente seduotra.

Anna podia sentir o vazio do seu próprio corpo.

Parecia inevitável. Não restava nada dentro dela.

Mas a distância, logo encimando o horizonte, começou a ouvir e a ver um pequeno acampamento. Eles estavam longe, longe das linhas de batalha ali, mas, se Anna tivesse que deduzir pela maneira como os homens se portavam, diria que estavam voltando do fronte, e não indo para lá.

Agora, Anna tinha duas linhas de informação opostas na cabeça: a primeira era algo sobre a qual ela tinha certeza, por sua própria experiência: os soldados alemães matavam pessoas com a mesma facilidade com que faziam qualquer coisa, e ela não tinha uma ideia muito clara de quando eles faziam isso ou por quê; a segunda era uma coisa que o Homem das Andorinhas lhe ensinara há muito tempo: *Os seres humanos são a melhor esperança do mundo para a sobrevivência de outros seres humanos.*

Anna não podia afirmar que o homem alto ao seu lado, capengando sobre seu guarda-chuva, fosse, de fato, um ser humano, não mais do que sabia, com certeza, que um determinado soldado era um ser humano e não um Lobo raivoso disfarçado.

Mas de uma coisa ela sabia: ali, naquele momento, na escuridão da noite, não gostava da aparência da sua morte. Não havia motivo; ela simplesmente detestava demais a crueldade do mundo para se deixar ser vencida por ela.

E então Anna tomou uma decisão.

Quando eles estavam a cerca de cem metros do acampamento, com o reflexo das suas luzes começando a iluminar suas silhuetas que se aproximavam, sussurrou alto: – Desfaleça, Homem das Andorinhas – e, sem comentário ou pergunta, ele obedeceu.

Deve ter sido um cirurgião ou médico de campo que estava perto da árvore, mas quando ela se aproximou o suficiente para ver as manchas de sangue em seu avental branco, as mãos e braços totalmente vermelhos, levando o cigarro à boca, tudo o que conseguiu se lembrar foi do ensinamento do Homem das Andorinhas: *Qualquer um que use algum tom de vermelho tem que ser evitado. Os duques e capitães dos Lobos e Ursos frequentemente usam vermelho em algum lugar de si próprios.*

Metade de Anna tinha total certeza de que alguém tão adornado de vermelho quanto este Lobo só poderia ser um grande soberano, um grande imperador dos Lobos. Talvez de um modo estranho, talvez de um modo óbvio, foi a metade dela que ficou convencida de que o Homem das Andorinhas era apenas um ser humano e não um demônio que refreou esse medo, mas, de qualquer modo, quando reconheceu o sangue, era tarde demais: o Lobo já a tinha visto.

– Por favor – disse Anna no melhor alemão a que pôde recorrer. – Por favor, senhor, meu pai...

O soldado soltou um enorme suspiro de vítima, tragou com força seu cigarro e a seguiu pela neve. Era como se fosse a coisa mais natural do mundo uma menininha alemã e seu pai ferido surgirem da neve e virem até ele pedindo ajuda; como se fosse a nona vez que isso acontecia naquele dia.

Ele agiu com uma naturalidade terrível e habilidosa, injetando no Homem das Andorinhas uma dose de morfina, examinando o ferimento, pulverizando um pó coagulante ou bactericida no sangramento, enfaixando-o com uma atadura de gaze. Parecia entediado e cansado ao levar seu cantil de água aos lábios do Homem das Andorinhas e falar:

– Ele perdeu muito sangue. Se tudo der certo, o sangramento logo para, mas ele realmente deveria ficar na cama. Danzig não fica longe. Acho que você consegue encontrar um quarto ali. No fim, essa bala vai precisar sair, mas, por enquanto, só faça com que ele fique na cama.

Muitas pessoas falam sobre a espécie de insensibilização ao sofrimento humano que deve ter sido necessária para que os alemães tivessem matado a quantidade que mataram durante a guerra, e certamente essas pessoas estão corretas; a insensibilização abriu as portas para milhares de milhões de atos perversos, mas Anna e o Homem das Andorinhas beneficiaram-se do fenômeno naquela noite. Em sua ausência, nenhum deles teria sobrevivido.

O soldado estava apenas fazendo o que já fizera centenas de vezes: tratando o ferimento e ignorando o homem.

Teria sido fácil desconsiderar a virtude da sua ajuda dessa maneira, dizer que ele apenas estava agindo como um dente numa engrenagem, exatamente como o restante do mecanismo alemão naqueles dias, simplesmente observando seu treinamento; exceto que ele parou a meio caminho do acampamento e, se virando, voltou trotando para entregar a Anna um pacotinho pequeno, sólido, retangular, embrulhado em papel, dentro do qual havia um espesso wafer de chocolate.

Não falou.

Não sorriu.

Virou-se e voltou novamente para o acampamento.

Desta vez, Anna deu todo o chocolate para o Homem das Andorinhas, e ele o comeu até o fim, sozinho.

Quando eles chegaram em Danzig, o nome alemão para Gdańsk, era de manhã. A noite fora longa, e Anna se esforçara para fazer com que seus pés a levassem adiante. Contemplando aquele acampamento alemão, tomara uma decisão: arrumar ajuda, não apenas para que eles pudessem sobreviver até de manhã, mas para que os dois vivessem. O tempo que pudessem. Que nem o Homem das Andorinhas, nem sua filha morressem.

Anna nunca abandonou essa convicção até o finalzinho da sua vida.

Sabia que haveria comida em Gdańsk, e sabia que, de um jeito ou de outro, eles poderiam consegui-la. Se tivessem que comer restos e lixo, comeriam. Ninguém jamais sentirá fome numa cidade à beira-mar, se puder esquecer a palavra "dignidade". Aquela era uma necessidade solucionada.

Anna também sabia que haveria remédio em algum lugar da cidade, e que se algum dia o Homem das Andorinhas fosse se recuperar, precisaria daquele remédio. Mas ela não sabia que tipo de remédio ajudaria.

A psicose e os opiáceos são, no entanto, uma combinação poderosa, e, com o Homem das Andorinhas sob o efeito da morfina, qualquer pergunta direta que ela fazia, ele lhe dava não o simples nome de um produto farmacêutico, mas sim uma história elaborada para explicar que Boruta não tomava pílulas, que, em vez disso, três vezes por dia, para conseguir domínio sobre os segredos do fogo, engolia os ovos encolhidos, produzidos no cruzamento da fênix com o *zarptak*, o pássaro de fogo trazido para ele por um barão entre os beija-flores, como agradecimento por uma ajuda que ele lhes dera há muito tempo. Sob qualquer outra circunstância, Anna embarcaria alegremente nessa história como algo de uma beleza filigranada, mas agora tudo o que ela queria era o nome de um remédio, e não havia jeito de ele contar para ela, ou mesmo admitir que precisasse de algum.

Encontraram uma passagem em Gdańsk, na verdade tão estreita que nem poderia merecer esse nome. Era uma fenda entre duas construções de pedra, uma vermelha, a outra cinza, com o chão forrado de tantos detritos que Anna mal conseguia imaginar que alguém tivesse estado lá em décadas. Ninguém, a não ser uma criança, ou um homem tão excepcionalmente delgado quanto o Homem das Andorinhas, poderia caber naquele espaço.

Eles comeram o que lhes pareceu um banquete, uma tal quantidade, na verdade, que Anna vomitou e foi em frente, embora mal chegasse ao tamanho de uma refeição leve, toda recolhida de pilhas de lixo e sarjetas. Naquele dia, Anna mal conseguiu se mexer por causa da dor na barriga, e não é preciso dizer que o Homem das Andorinhas não fez qualquer movimento além de sua respiração animal baixa e regular.

Ao se recuperar, Anna começou a imaginar o que deveria fazer em seguida. Com certeza, eles poderiam continuar onde estavam por vários dias, recuperar as forças antes de se porem a caminho novamente, desde que fizessem pouco barulho, mas ainda havia o problema do remédio do Homem das Andorinhas. Ela não conseguia perceber nenhum caminho adiante sem o remédio, nenhum caminho que pudesse levar a um lugar aonde ela quisesse ir.

Então, decidiu: não deixaria Gdańsk sem qualquer Homem das Andorinhas que não fosse aquele que a levara embora da Cracóvia. Encontraria o remédio.

Era um plano desesperado, inteiramente absurdo, mas no momento era a única coisa em que Anna podia pensar: encontraria uma farmácia, entraria lá dentro à noite, escondida, olharia todos os remédios, e qualquer coisa que parecesse remotamente com as pílulas brancas, pequenas e redondas que se acostumara a ver o Homem das Andorinhas tomando, levaria consigo.

Isto a levou, por dois motivos, à maleta do Homem das Andorinhas. Em primeiro lugar, precisava de todo espaço que pudesse obter para carregar coisas sem chamar atenção, e, se esvaziasse a mala dele, poderia trazer muito mais vidros do que se só pudesse dispor das suas duas mãos. Mais vidros significavam mais possibilidade de sucesso.

Ocorrera-lhe, também, que se fosse perambular pelas ruas da cidade depois de escurecer, com uma maleta carregada, não seria bobagem levar uma faca.

Depois de enfiá-la na cintura – não se incomodou de tirá-la do Homem das Andorinhas, porque sabia que no final das contas ele ainda tinha seu revólver –, Anna começou a esvaziar a maleta.

Para começo de conversa, na pressa para deixar o *dwór*, Anna deixara de recuperar tudo que o Homem das Andorinhas tirara da mala. As roupas dele estavam ali, seus documentos de identidade, e, felizmente, a faca, mas estava faltando o que restava da sua coleção de cigarros, bem como a pedra de amolar, o espelho estilhaçado, a caneca de lata...

A mala estava quase vazia, quando ela a alcançou; apenas a caixa espalhada de munição e o sapato de bebê permaneciam suspensos no fundo, quando ele chegou até sua mão: o frasquinho marrom, agora vazio, onde o Homem das Andorinhas guardava seu estoque de pílulas.

– Ahhhh – disse o Homem das Andorinhas, rindo como criança –, você me pegou.

Era a primeira coisa que ele dizia desde que haviam entrado em Gdańsk, e a terceira e última vez que Anna ouviu o Homem das Andorinhas rir.

No vidro, numa caligrafia imprecisa alemã, estava escrito: *Potassium iodide, 130 mg, tomar oralmente três vezes por dia, se quiser se manter equilibrado.*

***

Se o médico alemão não os tivesse ajudado, provavelmente Anna jamais se sentiria tão encorajada. Mas então, se o médico alemão não os tivesse ajudado, provavelmente eles jamais teriam chegado em Gdańsk.

Não foi difícil para Anna encontrar uma farmácia, havia várias, mas ela custou a encontrar uma que parecesse mais próspera, e isso foi um erro da sua parte. Prosperidade em tempo de guerra raramente é sinal de escrúpulos.

Lá dentro estava frio, limpo e iluminado, e Anna rapidamente cometeu mais um erro, falou em alemão.

– Sinto incomodá-lo, senhor...
– O que foi?

O alemão dele não era refinado, nem chegava perto do nível culto e bem pronunciado do da própria Anna. A língua dele era claramente o polonês. Ela havia cometido um erro. Falara primeiro.

– Meu pai – disse Anna. – Ele está muito doente. Precisa de remédio.

O farmacêutico não pareceu nem um pouco impressionado com isso, mas parou o que estava fazendo para se virar e olhar para ela. Soltou um profundo suspiro.

– O que há de errado com ele?

Anna não sabia muito bem como responder a essa pergunta, então:

– Potassium iodide – disse. – Cento e trinta miligramas. Ele precisa de muitas.

O farmacêutico levantou as sobrancelhas.

– Potassium iodide! Isto não é comum.

O coração de Anna subiu até a boca. Se fosse incomum e a melhor farmácia de Gdańsk não tivesse nenhum, será que ela o encontraria em algum lugar?

– O senhor tem um pouco?

O farmacêutico voltou a suspirar e cruzou os braços.

– Tenho, mas é caro.

Anna começou a entrar silenciosamente em pânico. Esquecera todas as regras do Homem das Andorinhas. Falara primeiro, pedira uma coisa, em vez de permitir que um amigo descobrisse o que precisava, e, além disso, agora estava travada em uma relação comercial.

– Eu... Eu – gaguejou. – Não tenho dinheiro.

Era verdade.

O farmacêutico franziu o cenho.

– Azar do seu pai.

Agora, não havia como voltar atrás. Não tinha como se transformar numa amiga querida. Agora, Anna era apenas ela mesma. Seu estômago encolheu-se e se contorceu como se quisesse, por sua própria vontade, fugir da farmácia.

– Mas, senhor – ela disse –, senhor, ele vai morrer.

– Sem potassium iodide? – observou o farmacêutico. – Duvido. Pode ser que sofra, mas não acho que vá morrer.

– Mas eu não quero que ele sofra.

O farmacêutico levantou as sobrancelhas, e depois de um momento silencioso e tenso, disse:

– Venha comigo.

Não foi uma proposta, não foi dito em termos de algo que ela pudesse aceitar ou rejeitar. Ele simplesmente disse:
– Venha comigo.

Aconteceu muito rápido, mas pareceu interminável.

Ele era um homem muito bonito, e não era provável que tivesse grande dificuldade em obter o que quisesse das mulheres adultas, mas, na verdade, talvez esta falta de dificuldade tenha contribuído; foi o ganho de controle, a superação da dificuldade, a obtenção da coisa, a Anna, que pagou o farmacêutico.

Seu quarto dos fundos estava empoeirado e sujo. As paredes eram feitas de tijolo vermelho bruto, destoando da parte da frente do seu comércio tranquilo.

Estava excessivamente frio.

Havia uma cadeira, velha, surrada e improvisada, na qual ele se sentou, pondo uma clara garrafa de vidro, grande, cheia de comprimidos pequenos, redondos e brancos, no chão à sua frente.

Ele não a tocou, não se levantou da cadeira, apenas falou e comandou, e Anna fez o que ele pediu.

Foi a primeira pessoa a ver seu corpo nu.

Ela sentia frio, e se cobriu em busca de calor, mas ele mandou que ela ficasse em pé descoberta, e ela obedeceu.

Ele lhe disse para assumir certas posições e se manter imóvel, para que ele pudesse vê-la expor certas partes do seu corpo, e ela fez o que ele pedia.

Ele não se tocou enquanto ela estava ali, e também não tocou em Anna, embora, quando ela não o estava olhando, sentia medo de que ele o fizesse. Ele não ameaçou, repreendeu nem coagiu.

Pediu-lhe que fizesse coisas, e ela fez.

Você não deve entender mal: Anna era uma criança, e ele era um adulto. A responsabilidade era dele. Mas ela era uma criança que sabia como sobreviver. Era uma criança que sabia que os animais adultos nem sempre eram bons, nem sempre eram confiáveis. E era uma criança com uma faca enganchada na cintura da saia.

Ela tirou a faca do corpo do mesmo jeito que fez com a saia.

Fez as coisas que ele lhe pediu para fazer.

Anna não tinha tido instrução, nem preparo. Sabia que seu corpo andara mudando. Sabia que havia diferenças entre os corpos, e que alguns homens queriam o tipo de coisa que ela possuía. Ela sabia que dava uma sensação poderosa, assustadora, sombria, luminosa, fria e intensa quando eles queriam, da mesma forma que a vodca dá uma sensação quente na sua barriga, enquanto seus dedos continuam gelados.

Ele a viu, sem nenhuma história para protegê-la.

Ele a viu, e, pela primeira vez em anos, ela não pôde deixar de ser Anna.

Chorou, é lógico. Não enquanto estava acontecendo, nem quando ele se levantou e lhe disse baixinho que levasse as pílulas e saísse, nem mesmo à luz clara da sala da frente, enquanto ele a apressava em direção à porta, ou à diurna luz branca da rua, enquanto se esforçava para terminar de vestir suas roupas, mas por fim, a quarteirões de distância, segurando o jarro frio de vidro contra o peito, a faca pressionando seu quadril. Não chorou por muito tempo, mas chorou.

Rapidamente veio a desejar que o que aconteceu no quarto dos fundos da farmácia nunca tivesse acontecido.

Mas nunca se arrependeu. Tinha conseguido o potassium iodide.

Anna esperava que os comprimidos funcionassem como mágica, que, instantaneamente, quando a primeira pílula passasse pelos lábios do Homem das Andorinhas, ele voltasse para ela, composto, bem-arrumado e alto, da maneira que sempre tinha sido.

Mas não é assim que o mundo funciona.

Ela se sentou com ele no espaço estreito entre as construções. Passaram-se semanas até que ele se recobrasse, e aquele período foi o pior em todo o tempo que Anna esteve com ele.

Eles ficaram parados.

Embora ela não fosse capaz de lhe dizer isso à época, Anna tinha quebrado um pedaço seu, como um cofre de porquinho, para pagar o preço do farmacêutico, e para ela era como se já tivesse fracassado em manter seu voto; talvez o Homem das Andorinhas estivesse voltando à vida, mas para ela, havia uma forte sensação de que a filha dele estava morta e enterrada. O farmacêutico tinha lhe mostrado Anna, e ela já não conseguia encontrar o caminho de volta.

Eis o que Anna não sabia: apesar do que sentia, a filha do Homem das Andorinhas não estava morrendo, nem morta. Na verdade, estava desabrochando, rompendo a casca do ovo, um ovo feito de fragmentos de um cofre de porquinho de porcelana, pela primeira vez.

Pelo menos, o Homem das Andorinhas não resistiu ao seu remédio.

O inverno estava apontando quando a mente dele se recuperou. Anna deve ter dado umas fugidas pela cidade, periodicamente, recolhendo restos para o consumo deles, mas em sua mente, tudo o que ela fez naquelas semanas foi ficar sentada perto de onde ele se achava deitado, no chão, esperar e recordar.

Foi a partir dessa quietude lenta e sem fim, que ele falou.

– Anna, sinto muito.

Anna sempre se surpreendia com a maneira como em um momento uma pessoa podia estar completamente calma, e no outro, como um ferimento a faca, como um espasmo, pudesse estar chorando.

– Senti sua falta – ela disse.

– Eu sei – disse o Homem das Andorinhas. – Sinto muito.

Ele recomeçou a falar, lentamente, com o passar dos dias. O Homem das Andorinhas de Anna estava voltando a ser ele mesmo, mas agora, em vez do monumento, do pilar de desafio e dissimulação linda e brilhante que ele fora, havia uma inclinação na sua altura. Ele não podia ser o que já havia sido para ela.

Ela havia visto a Anna dele.

* * *

A convalescença do Homem das Andorinhas continuou. A cada dia ele se tornava mais forte, e, por fim, começou a caminhar com Anna pelas ruas da cidade por breves períodos. A bala continuava incrustada em seu quadril, e ele não andava com facilidade, mas rapidamente recuperou alguma facilidade no andar, e, se havia dor, aprendeu a disfarçá-la.

O Homem das Andorinhas assumira um complexo estilo de vida de silêncio, e, com o tempo, Anna aprendera a reconhecer seus diferentes aspectos. Agora, no entanto, à medida que ele recuperava suas forças, ela tomou conhecimento de mais um: ele ficava calado de uma maneira furtiva e defensiva, como se seus olhos estivessem sempre a um segundo de evitar os dela; como se estivesse constrangido pela fraqueza de ter um corpo fadado a ser ferido.

Aquele não era um demônio.

Em uma de suas caminhadas, ele parou, refez vários de seus passos, e virou a cabeça em certo ângulo, como se, tal qual um projetor de cinema, estivesse repassando uma lembrança pelos seus olhos, sobre uma área muito particular de alvenaria.

– Isto aqui é Gdańsk – disse. – Estamos em Gdańsk.

Anna confirmou com a cabeça.

– Hãhã – ele disse.

Ele não se demorou muito.

No dia seguinte choveu e, do alvorecer até o entardecer, a luz permaneceu um melancólico cinza eterno, sob seu cobertor de nuvens escuras e espessas.

Eles levaram um bom tempo no esforço de garantir que suas elegantes roupas de cidade estivessem no seu melhor, e então, caminharam debaixo do grande guarda-chuva preto até uma porta de madeira escura, numa construção antiga.

A rua era pavimentada com pedras, e descia pela encosta de uma colina. Apesar de ter andado durante anos em meio a lodo, neve e todo tipo de sujeira, Anna ficou na ponta dos pés no meio de uma das pedras, para que a água da chuva pudesse passar por ela nas fendas estreitas entre as pedras. Sabia da importância dos pés secos.

Um alemão mais velho abriu a porta pesada. Usava um terno elegante que não vinha recebendo bons tratos. Olhou de um para o outro várias vezes, até que, de repente, como uma explosão súbita, percebeu para quem estava olhando.

– Meu Deus – disse para o Homem das Andorinhas. – Não pensei que algum dia voltaria a vê-lo.

O Homem das Andorinhas não falou.

O alemão acolheu-os rapidamente em sua casa, e, enquanto o Homem das Andorinhas sacudia o guarda-chuva para escorrer a água da chuva, o outro homem disse:

– Preciso lhe dizer, acho que esta barba não combina nada com você.

Anna não havia percebido, fora lento e progressivo, mas o Homem das Andorinhas *havia* deixado crescer uma barba. Estava cheia, agora, como fora a de reb Hirschl.

Achou que lhe caía muito bem.

O Homem das Andorinhas não disse que precisava falar com o sujeito mais velho em particular – raramente dizia alguma coisa –, mas logo eles despacharam Anna para uma sala de visitas, e ela ficou ali, sozinha, enquanto os dois homens iam para um cômodo vizinho, uma sala de fumantes ou escritório, para conversar.

Uma senhora gorda trouxe chá e um prato de biscoitos para Anna, e não falou com ela. Anna bebeu o chá, mas sentiu náusea ao pensar em biscoito. Deixou-os no prato.

Dava para ela ouvir as vozes reservadas do Homem das Andorinhas e seu companheiro mais velho no cômodo ao lado, vazando em minúsculas partículas sobrecarregadas, pela fresta da porta.

– ... esforço de guerra?

– ... comitê... praticamente parou... bom, você sabe, mas... ainda... material físsil... temperatura termonuclear... pressão tremenda para...

– ... sei que você pensa... contribuição... me lisonjeia... uma espécie de vantagem.

– Sim, claro... nunca pensei... sem você.

– ... algumas ideias... lembre-se, nós... pesquisar em... trabalhar numa enriquecida... massa supercrítica... reação em cadeia... Que iria...

– ... acha... como armas?

– É, acho que sim, é.

– ... seguro?

– Isso... não posso dizer.

As vozes se interromperam abruptamente. Anna deu um pulo para parecer que não estivera se esforçando para ouvir, mas ninguém entrou na sala de visitas.

Havia um velho relógio por perto, funcionando ruidosamente.

De repente, Anna ouviu uma brusca tomada de fôlego por detrás da porta, e alguém falou:

– Por que o senhor veio aqui, professor?

Uma mão invisível esticou-se e fechou delicadamente a porta que fora deixada aberta entre a sala deles e a dela, e logo as vozes além dela começaram a se exaltar de uma maneira que não era totalmente amigável. Anna esforçou-se para ouvir o que diziam, mas conseguiu discernir apenas uma palavra a mais, extravasando a borda do silêncio deles, pela barreira da pesada porta de madeira.

– Barganha.

A mobília na casa do velho era majestosa, quase tão bonita quanto a do *dwór*, e a presença de tantos tecidos encorpados, tanta madeira entalhada e envernizada, deixava Anna desconfortável.

Havia muitas coisas lindas dentro da casa do velho alemão, inúmeros pertences e móveis para captarem sua atenção, mas o que Anna mais notou foi o som da chuva, como uma torrente de pedrinhas contra a velha janela de vidro.

Ela havia se esquecido da sensação da chuva em um lugar interno.

Depois de um dos mais longos períodos de solidão vividos por Anna desde a saída da Cracóvia, a porta da sala vizinha abriu-se novamente e o velho alemão saiu, seguido pelo Homem das Andorinhas. Ninguém falou. O Homem das Andorinhas estendeu a mão para Anna, e ela foi se juntar a ele. Qualquer que tivesse sido o estranho prazer que o velho sentira ao ver o Homem das Andorinhas em sua soleira, esvaíra-se, e, embora ela não achasse que os dois estivessem zangados um com o outro, tampouco pareciam felizes ao sair da sala.

Os olhos do velho demoraram-se, quase com tristeza, no rosto dela.

O Homem das Andorinhas estava apanhando seu guarda-chuva, quando o velho falou: – Professor – e o Homem das Andorinhas virou-se, lentamente, evitando os olhos de Anna deliberadamente. – Se eu fizer isto pelo senhor... se tornar a desaparecer... eles também virão atrás de mim.

O Homem das Andorinhas não se mexeu, mas, sob a barba cerrada do seu rosto não barbeado, Anna pôde ver seu maxilar se enrijecer uma vez, e depois mais uma.

– É – disse.

Nada disso foi discutido nos dias que se seguiram. O Homem das Andorinhas jamais tivera o costume de explicar a Anna o que estava fazendo, as decisões que estava tomando, mas ela sabia tão bem quanto ele que a dinâmica do relacionamento deles havia mudado. Por mais que ele tivesse sido seu guardião, agora Anna, por sua vez, embora brevemente, também havia sido a guardiã dele. De certa forma, parecia desonesto comportar-se como se não fosse assim, e, no entanto, eles se comportaram.

Cerca de uma semana depois, Anna e o Homem das Andorinhas começaram a frequentar alguns pontos da cidade juntos. Precisamente ao meio-dia, em cada dia subsequente, passavam por um dos três marcos principais do lugar: a Basílica de Santa Maria no primeiro dia, a fonte Netuno no seguinte, e o pátio Artus no terceiro, voltando novamente à basílica no dia seguinte. Todos os dias eles arrumavam suas melhores roupas, preparando-se para o passeio, levando todos os seus pertences ao sair.

Nunca houve qualquer explicação para isto.

Foi a caminho de uma dessas saídas que o Homem das Andorinhas, sem virar a cabeça para olhar para ela, disse:

– Quando matei o Mascate, foi com um golpe suave.

Então, ele parou, virou-se para Anna e, com a ponta do seu reduzido dedo mindinho, tocou cinco pontos ao redor do próprio pescoço.

– Veia jugular, artéria carótida, traqueia, carótida, jugular.

Recomeçou a andar. Anna não disse nada.

– Um golpe suave – disse o Homem das Andorinhas.

Foi na fonte Netuno que eles, finalmente, encontraram o velho pescador. Segurava um pequeno pacote de algodão branco.

O Homem das Andorinhas pareceu encantado ao vê-lo, cumprimentando-o como um velho amigo. O pescador não falou muito no início e, quando o fez, foi com um sotaque que Anna não reconheceu.

O Homem das Andorinhas passou vários minutos envolvido em um tipo de cortesia e indagações pessoais, que Anna não ouvia desde que ela e o professor Lania saíam para visitar os amigos de línguas diferentes, naqueles milhares de milhões de vidas atrás, na Cracóvia. O Homem das Andorinhas parecia conhecer o pescador, e, embora o velho companheiro raramente tivesse uma chance para falar, Anna ficou aliviada que ele fosse um amigo íntimo do Homem das Andorinhas.

Logo, o Homem das Andorinhas viu-se olhando para seu relógio de cobre.

– Ah – disse. – Já é esta hora?

Anna sabia que há muito o relógio deixara de funcionar, mas o pescador não sabia. A essa altura, para ela era uma segunda natureza viver num mundo que se torcia e contorcia para poder se alinhar com a verdade, e ela nem mesmo pensou duas vezes.

– Você sabe, meu amigo – continuou o Homem das Andorinhas –, eu realmente preciso voar. Tenho um compromisso urgente a que preciso comparecer pessoalmente, mas adoraria ter mais detalhes da sua vida, saber como você tem passado a sua guerra, e coisas assim. Por que não leva minha Greta para passear na água? Tenho certeza que ela adoraria, e posso me encontrar com vocês mais tarde.

Não era a primeira vez que o Homem das Andorinhas lhe conferia, casualmente, um nome estrangeiro, e Anna poderia estar enganada, mas não se lembrava de um exemplo no qual ele tivesse soado tanto como um acaso na voz dele.

– Ah – disse o velho pescador. – Esta é ela.

Anna queria perguntar do que ele estava falando, mas o Homem das Andorinhas tinha se virado para ela, e seus olhos de anzol esquadrinharam os dela, exigindo toda sua atenção.

– Encontro com vocês mais tarde – disse. Olhava nos olhos dela com mais atenção, talvez, do que jamais o fizera.

Isso a deixou desconfortável, mas ela sabia confiar no Homem das Andorinhas. Na verdade, sabia muito pouco, além disso.

Eles estavam prestes a se separar, quando o pescador tornou a falar com o Homem das Andorinhas.

– Você se lembra do acordo? Ele disse que você o daria pra mim – disse num alemão sussurrado e agitado.

E o Homem das Andorinhas sorriu e disse: – Claro.

Ele não deu a caixinha de munição, mas buscou na sua maleta e retirou o revólver, quase uma miniatura em sua mão grande, de dedos compridos, e, apenas com um leve traço de hesitação, passou-o para o pescador.

Em troca, recebeu o pequeno embrulho de algodão.

Foi uma troca sutil, e um passante não a teria notado, mas o Homem das Andorinhas sabia que Anna notara, e sorriu para ela tranquilo, abrindo o algodão e olhando para verificar o conteúdo do embrulho.

Por um instante, Anna pensou que ele pretendia lhe dar o sapatinho de bebê, quase inteiramente desprovido das contas, mas, após um momento incerto e fugaz, ele voltou a fechar o algodão ao redor dele, e o enfiou rapidamente no bolso.

Depois, virando-se para Anna, apoiou-se no seu comprido guarda-chuva e colocou uma das longas mãos no quadril, à esquerda, precisamente no lugar onde, na cintura da saia de Anna, seu canivete ainda estava escondido.

– Ah – disse. – Vocês vão se divertir muito na água!

A voz dele soava muito animada, muito satisfeita.

– Agora, não acho que vão precisar disso, se não quiserem, mas lembrem-se; se precisarem remar – e nesse momento, ele tirou a mão de dedos compridos do quadril, despreocupadamente, e pareceu, primeiro, enxugar um pouco de suor em um lado do pescoço, e depois no outro – a maneira certa é com *um gesto suave*.

O pescador deu uma risadinha.

– Sem remo – ele disse. – Motor.

– Ah, bom, então – disse o Homem das Andorinhas. – Como estou dizendo, não acho que deva haver nenhuma necessidade.

Então, pegou a mão curtida e nodosa do velho pescador na sua, e disse:

– Tudo bem! Tenho que voar. Encontro vocês mais tarde.

Sem dizer mais nada, virou-se e atravessou a praça. Anna manteve os olhos nele o tempo que pôde, tempo suficiente para vê-lo fazer um leve desvio para andar em meio a um bando de pombos no chão, desocupados, e espalhá-los em direção ao céu.

E então, ele contornou um prédio, desaparecendo para sempre.

EPÍLOGO
O princípio da incerteza

Não havia nada para Anna fazer dentro do barquinho enferrujado, nenhuma estrada sobre a água onde pudesse manter seus pés e sua mente em movimento, e então, em vez disso, ela se preocupou.

Seus olhos não viam nenhuma diferença entre o cinza do céu e o cinza da água. Não parecia haver horizonte em nenhum lugar, nem atrás, nem à frente, nenhuma faixa fina e escura de terra para mostrar onde terminava o céu e começava a água. Anna não pôde deixar de pensar que talvez já não houvesse diferença, que talvez tivesse escorregado para uma esfera imensa e vazia de água de ferro, sobre cuja superfície interna o velho pescador nodoso agora a conduziria para sempre.

Assim que lhe ocorreu esse pensamento, desejou poder esquecê-lo.

O céu estava denso e cinza sobre o mar, e, embora tentasse, ela não conseguia determinar onde o sol havia se escondido. De tempos em tempos, ouvia os gritos de pássaros invisíveis, carregados por sobre a vastidão da água como palavrórios e gargalhadas de fantasmas. Nenhum dos cantos lhe soava familiar.

O tempo estava passando – isso ela sabia –, mas não era capaz de dizer quanto. Minutos e horas começaram a parecer indistintos, como xícaras, galões e colheres de chá de água livre e indolente, tudo misturado debaixo do ventre do barco. Quarenta segundos, quarenta dias, quarenta anos.

Às vezes, os olhos de Anna, acidentalmente, davam com os olhos do velho pescador, e ele sorria com simpatia, o que tornava tudo pior. Agora, a única coisa que se destacava do cinza do mundo – talvez, a única que restasse no mundo cinzento – era aquele velho homem, em seu impermeável amarelo vivo. E ele não era o Homem das Andorinhas.

Essa, obviamente, era sua maior preocupação. Em sua perambulação, houve uma época, e não há muito tempo, também, onde não havia uma pergunta em sua mente; não importa onde ela fosse dar, o Homem das Andorinhas também estaria lá.

Ela já não podia, em sã consciência, convencer-se disso.

Contudo, o problema não era só esse; muito mais difícil era aceitar a ideia de que ele ainda poderia encontrar o caminho de volta para ela. A decepção, embora pesada, é algo bem fácil de guardar em uma mala, suas bordas são retas e os cantos arredondados, e ela sempre se encaixa nos últimos espaços que ainda restam. Com a esperança é bem parecido. Mas, de certa forma, o híbrido das duas é algo muito menos uniforme: desajeitado, mais volumoso, e não menos pesado. É muito mais delicado de embalar. Precisa ser levado nas mãos.

O movimento inconstante empurrava os lados do barco para lá e para cá, e, embora o velho motor de popa trepidasse serenamente atrás deles, Anna se viu imaginando se eles estariam sequer se movendo.

Depois de certo tempo, decidiu que a melhor escapatória para o universo incolor e imutável era simplesmente ignorá-lo, e, então, fechou os olhos e tentou dormir. Sua tentativa não alcançou um sucesso considerável, ou talvez ela tenha apenas tido um sono leve, com sonhos arrepiantes de um motor barulhento e moroso, que cantarolava tristes doinas sob o mar de ferro.

Logo, no entanto, sua mente começou a vagar, e ela a viu acompanhando os sons da água e dos pássaros, de volta às terras úmidas da Polônia.

Tinha sido a primeira vez que seu Homem das Andorinhas a levara lá, quando ela ainda era bem nova. Ele havia se sentado, as costas contra uma árvore comprida e fina, olhando para o céu azul, observando os pássaros chamarem, circularem e mergulharem na água abaixo do cume.

– Olhe, Anna – ele disse, a voz cheia de afeto. – Ali, parada, há uma cegonha preta. Ela só vem para este extremo norte no verão. Voa, evidentemente, com muita elegância, mas prefiro imaginá-la caminhando anualmente da África. Esperar por seu andar majestoso.

"Tem o pequeno pato selvagem que parece nunca se preocupar. E ali, um mergulhão de papo vermelho. Veja-o voar. Parece que faz isso por acaso."

É claro que Anna gostava de aprender os nomes e características de todos esses pássaros, e lhe era evidente que o Homem das Andorinhas os amava muito. Enquanto, na Cracóvia, ela e o professor Lania se alegravam em ver monsieur Bouchard, aqui, viajando, o Homem das Andorinhas sorria ao ver o mergulhão de papo vermelho.

Mas, por mais que tentasse, ela não conseguia descobrir um jeito de amar essas criaturas como o Homem das Andorinhas. Os pássaros ainda faziam Anna sentir, sobretudo, solidão.

Nunca pensava na Cracóvia, a não ser quando se sentia solitária, e esta era precisamente a hora em que mais desejava poder esquecê-la.

– Homem das Andorinhas? – disse, e ele respondeu: – Sim?

– Você nunca sente falta da cidade?

O Homem das Andorinhas franziu o cenho: – Sinto.

Na encosta, a cegonha preta levantou o pé de perna comprida, e depois o baixou de volta, indecisa.

– Eu também – disse Anna. – Sinto falta dos sinos batendo as horas do dia. Às vezes, eu até esquecia que existia uma coisa como o tempo, mas então os sinos tocavam, e de repente você sabia que eram cinco horas.

O Homem das Andorinhas virou-se para olhar para Anna, e, depois de um momento, ela percebeu uma ideia esgueirar-se nos seus olhos. Com seus dedos longos e delicados, puxou uma agulha fina de pinheiro do pesado manto de detritos que as árvores haviam jogado no chão, e, com muito cuidado, enfiou-a em um pedaço de terra iluminado pelo sol, em um ângulo muito específico. Depois, levantando o pescoço para ver a sombra leve projetada, franziu o cenho e acenou a cabeça com gravidade.

– Bong – disse solenemente –, bong, bong.

Anna levou um tempinho para perceber que isso não era uma palavra numa língua humana desconhecida, mas sim uma imitação muito ruim de um sino de relógio de torre.

O Homem das Andorinhas permitiu-se um arremedo de sorriso, no canto esquerdo da boca.

– Na verdade – disse –, são quase três e quinze.

Anna não conseguiu refrear o sorriso como o Homem das Andorinhas, e sorriu largamente para ele.

– Mas como é que você sabe?

O Homem das Andorinhas franziu o cenho e balançou a cabeça de um lado a outro.

– Se você souber onde fica o norte, e puder avaliar a sua latitude com certa precisão, não será uma grande coisa construir um relógio de sol. É como um relógio de sombra. Veja, a agulha do pinheiro é o gnomon, e em volta dele imaginamos um mostrador de relógio.

– O que é um gno-homem? – perguntou Anna.

– O gnomon é o braço comprido e fino que aponta a hora com sua sombra. Está vendo? Seu nome vem do grego e quer dizer conhecedor, porque ele conhece a hora e nos diz na sua linguagem de sombra.

Anna indicou sua compreensão com a cabeça.

– Ah – disse. – Como você.

O Homem das Andorinhas emitiu um som, uma vez, baixinho, como uma risada que desandou. – Hã.

Anna forçou o rosto para baixo, junto ao chão, para olhar a agulha de pinheiro no ângulo, da perspectiva de outras agulhas como aquela.

Em pouco tempo, sentou-se sobre os joelhos e levantou os olhos para o Homem das Andorinhas.

– Homem das Andorinhas?

E o Homem das Andorinhas respondeu:

– O quê?

– Um dia vou querer saber tudo, como você.

Então, o Homem das Andorinhas franziu o cenho concentrado e se pôs a refletir em silêncio por tanto tempo que Anna pensou que talvez ele nunca respondesse. Por fim, no entanto, ele inspirou rapidamente, de maneira tão curta e aguda como a ponta de uma agulha de pinheiro, e começou a falar.

– Eu não sei tudo, meu bem. E tampouco quero saber. Não acho que seria muito agradável. É claro que o conhecimento é muito importante, porque as coisas que sabemos transformam-se em nossas ferramentas, e sem boas ferramentas à nossa disposição, é bem difícil nos mantermos vivos no mundo.

"Mas o conhecimento também é uma espécie de morte. Uma pergunta detém todo o potencial do universo vivo em seu interior. Da mesma maneira, um bocado de conhecimento é inerte e estéril. As perguntas, Anna, são muito mais valiosas do que as respostas, e também provocam muito menos destruição à sua frente. Se você continuar a buscar perguntas, não poderá se perder do caminho certo."

Anna não entendeu.

– Por quê?

O Homem das Andorinhas sorriu.

– É isso aí.

Se havia cochilado, Anna acordou; se havia apenas se deitado, se sentou. O velho mundo azul recobriu o cinza.

Mais uma vez seus olhos encontraram os do velho pescador, e ele sorriu para ela.

Anna suspirou e voltou os olhos para o mar.

Mais tempo escoara-se ao redor dos seus olhos fechados, e, lentamente, conseguira desgastar a espessura das nuvens o bastante para que o sol projetasse uma sombra nítida sobre a superfície da água.

Era a sombra de asas abertas.

Anna firmou os olhos contra a claridade difusa, em direção ao céu. Era uma espécie de pássaro que ela nunca vira, tão grande que parecia que não poderia voar. Como um arau, seu ventre era branco, mas, conforme ele se inclinou e virou ao vento, ela viu o restante brilhar ao sol, negro como sombra, cabeça, costas e asas. O coração de Anna subiu ao vê-lo, como se ele mesmo fosse um pássaro pescador, irrompendo na superfície do mar parado do seu peito. Seus olhos arderam com a água salgada. Quis gritar, chamar o pássaro em sua própria língua, chorar, berrar e abanar os braços, mas, antes que ela pudesse se mover, o pássaro inclinou-se ao vento, circulou e partiu rapidamente para trás deles.

O pescador estava sorrindo, quando Anna virou-se para vê-lo desaparecer, mas não por causa do pássaro. Seus olhos estavam fixos acima do seu ombro.

– Veja – ele disse no seu sotaque curioso, e Anna se virou de volta.

Ali à frente, sombreando o horizonte, bem distante, um grupo de ilhas irrompera da eternidade cinza. Anna levantou-se instantaneamente, esticando o pescoço além da proa, ansiosa em ver para que país novo e estranho estavam se dirigindo, mas o pescador tornou a falar:

– Água gelada. Tome cuidado para não cair.

Era tudo que Anna queria. Deu um passo atrás, ereta e alta, e olhou para a costa. Ali, nebuloso e indistinto, o grande volume de terra começou a se esboçar, por detrás do grupo de ilhas que se solidificava.

Sim. Ali estava.

Não iria desaparecer.

As lágrimas que haviam ameaçado cutucar seus olhos, quando a sombra das asas passara sobre ela, começaram a cair agora, frias e suaves, como uma chuva que desaba pela pressão do céu. Não importava o que ela temesse, não importava nem mesmo o que pensasse ter certeza, ainda havia algo no final da água, uma nova terra e uma nova língua, e talvez até novas espécies de pássaros que poderiam, silenciosamente, piscar para ela lá do céu.

Sobre a superfície da água, a sombra de Anna pairava comprida, alta e certeira, a cabeça apontando direto para o país que se aproximava.

– O que... – perguntou Anna, tanto para ela quanto para o pescador – o que é aquilo?

Agradecimentos

Meu amor e agradecimento em primeiríssimo lugar vão para Livia Woods, erudita, companheira de jornada, parteira das minhas ideias e incrível especialista amadora em massas e bolos.

Meu agradecimento e meu pedido de desculpas a Kate Broad, que sofreu a primeira reação da minha inabilidade reflexiva em processar as críticas adequadamente.

Agradeço também a Alexandra Lee Hobaugh, pela leitura inicial e o entusiasmo incansável; a meus pais, Bob e Kathy Savit, que me fizeram a homenagem máxima de ler o livro em voz alta, um para o outro; a Bethany Higa, a quem eu realmente deveria procurar com mais constância; a Nat Bernstein, que leu bem, orientou bem, e me empurrou para fora do ninho quando era hora de eu ir; e, é claro, a John Rapson, por sua atenção, sua ajuda e sua amizade verdadeira e preciosa.

Ah, e a Greg Jarrett também, acho.

Devo a Brent Wanger, por sua capacidade em me ensinar a ser um adulto e um artista profissional; espero que isto possa começar a amenizar a ausência de muitas notas de agradecimento, há muito devidas.

Da mesma forma, gostaria de agradecer a todos os professores e pais postiços do começo da minha vida, que me ajudaram quando eu não era, necessariamente, merecedor. Pessoas como eu não chegam a lugares como este sem vocês. Susan Hurwitz, Avi Soclof, muitos, muitos outros.

Meus agradecimentos descomunais a Catherine Drayton, uma força da natureza que mudou a minha vida. Agradeço também a Lyndsey Blessing, e a todos os meus outros vencedores InkWell, e a Kalah McCaffrey e Danny Yanez.

E, é claro, meu muito obrigado a Erin Clarke, meu editor e novo amigo; a sua assistente Kelly Delaney; a Erica Stahler, Stephanie Engel e Artie Bennett. E a toda a equipe da Knopf BFYR.

Obrigado a todos vocês!

Este livro foi impresso na Intergraf Ind. Gráfica Eireli.
Rua André Rosa Coppini, 90 – São Bernardo do Campo – SP
para a Editora Rocco Ltda.